AF382440

CARNAGE

BOCAGE

Blanzat

Carnage bocage

J'habite en vacances

Je t'écris du fin fond de la Manche
Où tout s'oublie et recommence
L'herbe y est plus verte qu'ailleurs
Par la grâce de conflits fossoyeurs
Le long des biscuiteries
Je savoure mes soucis
À l'ombre des palmiers
J'avale des couleuvres sucrées
Je m'assois à une terrasse
Et j'attends que ça passe
La mer à quelques kilomètres
Demain à ma porte peut-être
Grandes marées vague à l'âme immense
Cidre amer et beurre rance

Laura Huguenin, *Les Bribes*

La dernière transgression

Le trajet ne dure que quelques minutes, filant sur monorail à 500 km/h. Je ne voulais pas voir défiler les usines à viande et les dômes de méthanisation, mon œil aurait cherché en vain une trace de nature sauvage et il n'aurait capté que des tâches verdâtres et floues. Comme tous ceux de mon compartiment, roulé dans mon siège haricot, je me suis abîmé dans mon vieux Led-pad.

Je coupe la vidéo. Le train entre en gare d'Anctoville-sur-Mer. Je n'ai que quelques mètres à parcourir sur une passerelle métallique pour atteindre le quai Saint-Martin, du nom de l'église disparue il y a un siècle. Retourné contre une palissade, aussi gris-fer que les alentours, m'attend mon canot.

La mer sera au plus bas dans une heure, cela me laisse le temps d'arriver au rocher de Lihou. La mise à l'eau n'est pas aisée, le quai est à deux mètres, je dois jeter ma barque en évitant les éclaboussures et me laisser pendre par le bout des doigts pour y descendre. Surtout ne pas soulever de gerbe, ne pas être mouillé. Même avec ma vareuse goudronnée, je ne me sens pas rassuré.

Ça tangue un peu, le ciel est bas, mais cet espace me fait du bien, l'air du dehors me lave au dedans. Il faut que j'échappe à la civilisation, ne serait-ce que quelques heures. Plus personne ne voit au-delà de sa bulle sociale, comme les hauts murs des planoterrestrialistes, c'est une cosmologie de cuvette, une immanence bornée de matériel. Tout le monde a oublié qu'il y avait une ville ici, sous ces vagues irradiées, des rues, des bâtiments, des gens. On a oublié le monde.

Je voudrais encore filmer quelques plans. Le montage est perfectible, mais je pense qu'Enrique pourra en faire une vidéo virale.

Ça commence avec un vieux monsieur au bord de l'eau qui témoigne sur Facebook TV-FM+ :

« Mon père a connu la ville à la bonne époque, quand il était petit, il y avait même un port ! Et tous les ans, eh bien le Carnaval, dans les rues en bas, là-dessous. »

Il fait une pause, le regard vague, puis reprend :

« C'est loin, tout ça, maintenant. »

La séquence suivante est un montage d'images en noir et blanc, puis en couleur, de vacanciers à la plage, de chars sous les pluies de confetti. Des vues aériennes remontent de la pointe Gautier au port de plaisance du Hérel, jusqu'au Cap Lihou.

« C'était il y a deux siècles à peine, dit la voix-off métallique d'une speakerine algorithmique sur fond de ragtime, Granville n'était pas encore une île, mais une station balnéaire, réputée pour son port, son casino, et le fameux Carnaval annuel. Granville, c'était également un quartier insulaire, l'archipel de Chausey, aujourd'hui englouti à une trentaine de kilomètres de la côte. »

Les images d'archives cèdent la place à une carte en infographie : la pointe de Granville et les miettes de Chausey, puis une ligne bleue s'avance par l'ouest et efface le chapelet d'îles. En haut à droite, un compteur défile puis s'arrête en 2020.

« Au début du XXIe siècle, la montée des eaux, que les experts appelèrent la transgression néo-flandrienne, a eu raison du petit atoll. À quelques kilomètres de là, Jersey et Guernesey échappent à la catastrophe en se dotant de polders flottants. »

Les images suivantes montrent des superstructures métalliques émerger des eaux, des quais immenses s'allongent dans l'ancien canal de la Déroute, où des porte-conteneurs sont accostés. Par-dessus les bigues et les portiques, une ville de verre s'étire et reflète les nuages. Plus loin, une fine bande verte signale que les Platons sont les seules terres restantes de Jersey. On passe à une vue en contre-plongée de Hauteville House, à Guernesey, pour montrer que le ciel a laissé place à la surface miroitante de l'eau vue de dessous. La demeure de Victor Hugo survit sous cloche, un gigantesque dôme géodésique. Sauvée du sort de Gilliat, la crystal room donne autant à voir que le hublot géant du Nautilus.

Le compteur défile à nouveau, la ligne bleue grignote les contours de la carte. De nouvelles images d'archives montrent l'eau au ras du quai de la criée, tandis qu'un coquillier accosté bascule, poussé par la marée. Des pompiers évacuent en zodiaque des enfants coincés au premier étage du centre nautique. Les vagues se fracassent en gerbes hautes contre le mur de remblai de la rue Saint-Gaud. Quand elles se retirent, les récifs sous-jacents sont les carcasses rouillées des voitures de l'ancien parking. Des kayakistes se faufilent dans le quartier piéton de Saint Sauveur. Une bisquine est amarrée aux barreaux des fenêtres de la Poste.

Puis une barre d'immeuble en flammes, à Saint Nicolas, des lignes de CRS marchant sur les manifestants. La création des communautés résidentielles, les émeutes de 2028, la caravane de migrants de l'hiver 2051, mon arrière-grand-mère à la tête de la révolte des enfants. Encore des images de policiers et de militaires s'abattant sur les mineurs. Gazage, arrestations.

Retour à l'infographie, le compteur s'arrête en 2099. Granville est coupée en deux : le Roc à l'ouest, la colline de Saint Paul à l'est et Saint Nicolas, le nouveau centre-ville. Au nord, le

Cotentin n'existe plus.

Sur des aplats sonores rappelant la Toccata de Bach, la voix reprend son récit.

« En ce début de XXIIe siècle, la population Granvillaise est déplacée à l'est sur le plateau des quartiers du Saussey et du Prétot. Un pont métallique est inauguré en 2118 pour relier le Roc à l'ancienne rue Couraye. La gare ferroviaire est devenue le nouveau terminal portuaire. La ville séduit toujours pour son climat doux, très recherché en période estivale, quand le reste du pays est soumis à des canicules meurtrières. »

De nouvelles images de vacanciers en tenues de bain, un téméraire se jette du parapet de Saint Paul pour plonger dans l'eau cinq mètres plus bas. À marée basse, on peut voir les vestiges du casino. Il a perdu son allure de maison Playmobil, les campaniles sont écroulés et la véranda est béante.

Des violons tragiques annoncent la nouvelle

catastrophe. Retour à l'infographie, le compteur affiche 2156. Une ligne bleue, plus épaisse que la première, gomme ce qu'il reste des contours de Granville.

« Le raz-de-marée baptisé TF26 balaie la côte et remonte de plusieurs kilomètres dans les terres. Saint-Lô et Caen sont rayés de la carte. La centrale nucléaire de Flamanville connaît le même sort que celle de La Hague, et se trouve engloutie en quelques heures. Ici, le bilan est lourd, des centaines de morts, des milliers de blessés, et toute une population en exil. Le territoire de Granville se réduit à quelques mètres carrés autour de l'ancienne église Saint Paul, le cap Lihou n'est plus qu'un récif. »

Derrière moi, je peux encore apercevoir les hauts murs de la mégapole du grand Vire. L'humanité s'est barricadée, trop craintive de ce que peut faire une nature déchaînée. Je dois être le dernier des citadins à me risquer au-dehors, à parler avec ceux qui ont préféré le grand air au confinement. Ils vivent dans les ruines de lotissements hégémoniques, ils n'ont pas d'électricité, pas d'écoles, pas d'hôpitaux, des vestiges de routes pour se visiter. Et la mer comme grand écran. Ce sont les descendants des Granvillais, métissés de réfugiés et d'évacués. Ils ont été chassés par les vagues successives de grandes marées, les transgressions flandriennes, comme ils disent, refluant sur les remparts de la Ville barricadée, ceinturée jusqu'à trente mètres de hauteur de béton et fibrociment. Ils ne se sentent pas pour autant enfermés dehors, ils conjurent les espaces pour habiter les lisières, ce qu'il en reste. Ils sont libres.

Je suis sur le dernier esquif de la côte, plus personne ne se risque sur l'eau, même par beau temps. Trop de radiations. Deux centrales nucléaires gisent à quelques mètres sous la surface, à une soixantaine de milles nautiques au nord. Et la faune marine a plutôt une sale gueule.

Ce canot, je l'ai retapé tout seul, dans un vieux hangar agricole abandonné que la mer lèche de son acidité. J'ai encore des échardes dans la main qui tient la barre, mais voilà je pars.

J'en ai marre. J'en ai marre de cette vie trop remplie, de mon appartement plein à craquer, de mon emploi du temps sans zone blanche, de ces écrans partout qui nous surveillent avec le sourire. Matin, midi et soir. J'en ai marre.

Le Led-pad a fait un drôle de bruit en tombant dans l'eau, un pschitt de cachet effervescent. Les cadavres de poissons et de dauphins ont disparu, mais l'uranium est encore là pour longtemps.

Voilà Lihou, un long rocher noir d'une centaine de mètres, à la surface des eaux mercuriales. On dirait le dos d'un léviathan, des bouts de murs érodés font une épine dorsale en son milieu. Pas une herbe, pas une algue. Il paraît qu'il y avait des oiseaux avant, on appelait ça des mouettes.

Le vent se lève, la marée reprend son cours ascendant, je n'ai pas beaucoup de temps. Mon canot est amarré au fût d'une ancienne croix de granit. C'est là que se dressait l'église Notre-Dame du Cap Lihou. Il n'y a plus rien.

Led-Cam à la main, je suis le dernier à fouler le sol de Granville, le dernier à filmer ce qu'il en reste. Il n'y a plus personne pour venir s'aventurer ici, et si quelqu'un me succède un jour, l'eau aura continué de monter.

C'est un effet courant de l'activité humaine : au fur et à mesure de sa progression, ce qui n'a plus d'utilité est abandonné. Pourtant nous savions, les prévisions et les expertises le disaient. Des enfants se sont révoltés et on les a écrasés. Il y a eu les réfugiés et les catastrophes, une histoire de ruines s'accumulant sur les ruines. La prophétie est advenue et nous n'avons rien changé. Je pense aux gens de cette époque où le pire n'était pas encore arrivé. S'ils se trouvaient là où je suis, aujourd'hui, ils ne s'amenderaient pas. Si on reculait l'échéance et que la catastrophe était arrivée sur eux, à l'époque, ils auraient réagi comme leurs descendants : étonnement, hurlements, incompréhension, le sauve-qui-peut et le tous-aux-abris. Si on offrait à ceux d'aujourd'hui de repousser l'irréversible, ils retourneraient à leurs abus. Ils ont été trop peu, dans l'histoire, les désintéressés.

Il ne reste plus beaucoup de place sur le caillou. Le reste de l'humanité est là-bas, à l'est. Je me tourne vers la côte, et je leur crache à la gueule.

L'homme qui n'avait rien compris

Tout a commencé un soir de tempête. Ce n'était pas la plus grande qu'on avait connue jusqu'alors, rien à voir avec le raz de marée qui avait englouti la vieille forêt, mais c'était une tempête honnête, régulière, avec le vent qui forcit en fin d'après-midi, les nuages bas, les quelques gouttes puis les trombes d'eau, l'œil du cyclone et tout ce qu'on voit d'ordinaire. La tempête standard.

Conformément aux habitudes d'une tempête du genre, il y a eu un bateau en perdition, des hommes à la mer, des bâbords par-dessus tribord, des amures au près qui ne souquaient plus ferme du tout.

Le hic, le truc, c'est qu'on s'est retrouvés avec une sacrée affaire sur les bras.

À l'époque, nous n'étions que des êtres à becs et à plumes, il y avait les gros et les petits, on ne s'embarrassait pas avec les espèces. Il y avait avec nous Relique, Tridactyle, Atricille, et puis Brume et Tête Noire. De l'autre côté du chenal on pouvait voir Blanche, Pattes Rouges, Queue Fourchue, et Obscure, leurs petits grisards faisaient autant de bruit que les nôtres. On m'appelait Rieuse, j'étais la fille de Rosée, bien connue sur nos rochers, car elle avait tenu tête à Larus Dos-d'Argent quand il avait voulu nous imposer sa manière de marcher en roulant du croupion.

« T'as l'derrière plus gros qu'ta tête ! Qu'elle lui avait dit Rosée. C'est pas une raison pour en être fier ! » Tout le monde avait bien ri, sauf Larus qui avait emmené un petit chœur d'admiratrices de l'autre côté, sur le gros rocher.

Il n'était pas à la fête non plus quand il s'est retrouvé, au matin qui suivit la tempête, avec une bouche de plus à nourrir, et celle-là n'avait ni plume ni duvet ni bec. C'était gros et gras, ça hurlait comme un phoque, non, plus fort qu'un phoque, la peau toute rose et les ailes toutes dégarnies mais bien potelées. Le seul survivant du naufrage, un oisillon d'homme, frais éclos, que Blanche et Obscure étaient allées repêcher avant qu'il ne s'écrase contre leur morceau de granit.

Larus était furieux, non pas pour le geste, on ne gâche pas la nourriture, mais parce que ces dames s'étaient mises en tête de le soigner, de le réchauffer, bref de le couver comme des poules au fond d'une grotte à l'abri des embruns. Il fallait le voir, Larus Dos-d'Argent, il se dandinait de long en large sur son rocher, son plumet arrière avait une façon bien agressive de fouetter l'air. Mais il ne faut pas le voir plus ridicule qu'il n'était.

Il était plus gros que la plupart d'entre nous, sa famille était originaire de la côte sud où les spécimens comme lui étaient légion. Sa taille imposante, ses larges épaules, la coquette tache rouge qu'il avait au bout du bec lui donnaient assurément un air de chef, et nous avions pris l'habitude de nous en remettre à lui quand un problème ne trouvait pas de solution immédiate, ou si un danger surgissait. Ainsi, quand la petite pluie venteuse se transforma en franche tempête, il fila jusqu'à nous pour nous mettre en garde, puis on le vit voler autour de son rocher, au mépris des bourrasques, pour s'assurer que tout le monde était à l'abri. Il avait du courage, certes, mais une cervelle d'oiseau et l'orgueil aussi gros que son postérieur.

Il essaya d'user de son autorité pour mettre un terme à cette situation contre-nature, arguant à coups de claquement de bec qu'une famille c'est un papa oiseau, une maman oiseau, et un bébé oiseau. Cette pensée implacable se heurta à l'entêtement maternel, et rien n'y fit. Il tenta également d'employer la force, mais l'ennemi le surpassait en nombre. Il ne lui resta plus que l'imploration, et nous l'entendions geindre tout le jour depuis notre rocher. Il se tint à cette dernière solution, espérant supplanter le parasite dans le cœur des mères, mais plusieurs jours de jérémiades ne changèrent pas d'un pouce la résolution première : cet humain serait élevé avec toute la dignité due à un oiseau marin. Larus et ses concubines avaient en commun une boîte crânienne trop petite pour accueillir plus d'une idée à la fois.

*

Il fallut s'organiser là-bas, sur le gros rocher. En bonnes voisines, nous allions prendre des nouvelles du petit, avec quelque chose à manger pour lui. Pour ma part, et je sais que Relique et Atricille étaient d'accord avec moi, ce n'était qu'une grosse bestiole flasque et bruyante, c'est pourquoi nous restions à l'écart, quand les autres s'extasiaient devant la Merveille, c'est le nom qu'on lui donna.

Bref il trônait au fond de son trou de granit, à moitié enfoui sous du varech et des bouts de tissu récupérés du naufrage. Ça ne sentait pas joli joli là-dedans, il produisait autant de goémon en une seule sortie que nous toutes en une semaine ! Mais le plus embêtant, c'étaient les cris, ça n'arrêtait pas du matin au soir, et parfois toute la nuit.

Blanche allait et venait dans tous les sens, à la recherche d'insectes ou de poissons à lui donner, mais il n'avalait rien. Puis Obscure apprit d'un phoque que les humains ne sortaient pas d'un œuf, mais avaient besoin du lait de leur mère, comme les vaches et les moutons qu'on apercevait dans les prés. Ce fut toute une expédition pour Blanche et Obscure, à laquelle Tridactyle et Tête Noire se joignirent par commisération : chacune attrapa l'une des quatre extrémités de la Merveille et le portèrent dans les airs jusqu'à la plus proche bergerie. Elles réussirent à amadouer une autre mère qui donna de son lait, ce qui contenta grandement leur gros poussin. Il eut même son premier rire en attrapant un bâton de bois, qu'il garda en souvenir.

Le retour fut périlleux, éreintées qu'elles étaient déjà à l'aller. Nous les vîmes de notre rocher peiner à chaque coup d'aile, Relique et Atricille étaient convaincues que Blanche serait la première à le lâcher, je pariais plutôt sur Tridactyle, qui avait une faiblesse congénitale à l'aile gauche. Je n'étais pas loin d'avoir raison, car ça penchait sérieusement du côté de Tridactyle, mais Larus arriva, en sauveur inespéré. Il se plaça sous le groupe, cala ses épaules contre les deux bosses arrières de la Merveille, et assura la fin du voyage avec une réelle majesté. Ce fut un triomphe pour lui, on claqua du bec, on battit des ailes et on cria pour le héros.

Il profita de cette popularité retrouvée pour réprimander les matrones :

« Quelle idée d'entreprendre une chose si insensée ! Mesdames, je vous en conjure, et pour la dernière fois, mettez un terme à cette folie, où vous y laisserez des plumes ! »

À sa manière de gonfler le bréchet, on sentait qu'il était fier de sa dernière formule, mais le silence qui suivit lui cloua le bec, et il se remit à geindre comme auparavant.

Les mères courages n'en furent pas moins ébranlées, et ce n'est qu'au bout d'une nuit d'insomnie à réfléchir entre elles qu'une idée surgit, une idée que seule une maman oiseau peut avoir dans sa petite tête de piaf. Chacune leur tour, elles allèrent à terre, prendre le lait au pis des brebis acquises à leur cause, pour revenir le donner en becquée à la Merveille.

Ce régime lui réussit, puisqu'il cessa de hurler à la lune et reprit du gras qu'il avait un peu perdu.

*

Larus ne supporta pas cette victoire des femelles sur l'adversité.

Il cessa de geindre et s'enferma dans un silence qui dura plusieurs jours. Il continua cependant de faire les cent pattes sur son gros rocher, ce qui n'était pas pour nous déplaire, à Relique, Atricille et moi, car nous ne l'aurions avoué que sous la torture, mais nous aimions regarder son gros postérieur.

Enfin, un jour il partit vers la terre, sans prévenir. On soupçonna qu'il voulait dissuader les brebis, mais nous nous gardâmes d'intervenir. Quand Blanche s'aperçut de son absence, elle fila à tire d'aile jusqu'à la bergerie, pour revenir quelques instants plus tard. Son vol avait quelque chose d'hésitant, de pas clair. J'envoyai donc Relique s'informer de l'autre côté du chenal pour nous ramener du cancan.

Ainsi nous sûmes ce que la mère laineuse avait dit à la mère plumeuse :

« Vot' gros compère avec la tache rouge au bout du bec ? J'l'ai ben vu, mais point entendu ma bonne dame. C'est qu'il était en grande causerie avec Cabot, l'chien du maît', qu'il voulait savoir où qu'était l'humain l'plus sage par ici. Cabot y a dit qu'l'humain l'plus compétent qu'il connaissait l'était plus loin là-haut, à la ville, si vous voulez. Alors vot' compère y l'est parti, 'voyez. »

D'après Relique, Blanche ne savait pas quoi en penser, et Obscure et Pattes Rouges et les autres non plus. Une nouvelle nuit d'insomnie à mettre leurs petites têtes en commun ne servit à rien. Et au matin, Larus était revenu, fatigué mais l'air satisfait.

Il resta perché toute la journée au plus haut de son gros rocher, à guetter le rivage. Il n'adressa la parole à personne, et quand Blanche vint lui parler sous un faux prétexte, il la renvoya sans ménagement. Il était de plus en plus nerveux à mesure que le temps passait et, quand le soleil se coucha, il usait à nouveau le granit de ses allées et venues. À la nuit tombée, au clair de lune, Atricille le vit décoller en direction de la terre, il revint tard dans la nuit.

Le lendemain fut identique à la veille. Attente, mutisme, nervosité. Dans la soirée, on entendit les hurlements de nos voisines : la Merveille avait disparu. Aussitôt des centaines de paires d'ailes volèrent autour du gros rocher, jusqu'au nôtre, bien qu'il y ait eu peu de chances que le disparu ait volé ou nagé jusqu'ici. Les recherches continuèrent aussi longtemps que la lune éclaira le ciel, personne ne dormit, pas même Larus Dos-D'Argent quand il revint avec le bâton de bois de la Merveille dans son bec. Toutes ses femelles, auxquelles nous prêtions nos voix, n'eurent pas assez de mots pour l'accabler. Il supporta assez bien l'épreuve et nous comprîmes pourquoi au petit matin.

Un bateau débarqua une poignée d'humains qui investirent le rocher et chassèrent ses occupants. Ils se mirent aussitôt à étirer de longs bouts de bois, et à gratter des plumes trempées dans l'encre sur des peaux de mouton. Depuis ce jour, ils occupèrent le rocher et y construisirent un drôle de nid où ils ne dormaient pas, ni ne pondaient leurs œufs. Ce sont de drôles de créatures.

Pendant ce temps, Larus et ses dames nous

rejoignirent sur notre petit rocher. C'est ainsi que nous apprîmes ce qui avait apporté ce bouleversement. Au cours des deux premières nuits, Larus s'était rendu chez l'humain désigné par Cabot, le chien du berger, et avait tenté de le réveiller à petits coups de bec sur le crâne pour l'entretenir de son problème, mais l'humain dormait trop profondément et n'avait pas bougé. Le troisième soir, Larus n'y tint plus et emmena la Merveille avec lui pour un aller simple. Le coup de bec donné par Larus cette fois-ci eut un effet radical, puisque l'humain se réveilla en sursaut, une main sur le front. L'oiseau fit un bond en arrière, la Merveille sur son dos bascula par-dessus sa tête et assomma l'humain. Ce dernier, pendant le bref instant où il eut toutes ses facultés, avait vu au-dessus de lui, éclairé à contre-jour par la pleine lune, l'un de ses semblables pourvu d'une paire d'ailes jaillissant de derrière son dos et tenant à la main ce qui ressemblait fort à une lance ou une épée. Ce n'était en fait que l'enfant avec son bout de bois, et derrière lui les plumes de Larus déployées par la panique. L'humain n'eut le temps que de murmurer : « Saint Michel ! » avant d'être assommé par la Merveille.

On ne sut jamais ce qu'il advint de l'enfant, certains croient qu'il fut aussitôt transfiguré en oisillon et qu'il continue de venir mettre des coups de bec dans le crâne des hommes entêtés.

Ce que l'on sait, c'est que le sage humain, du nom d'Aubert, se réveilla avec la conviction qu'il devait aller planter une croix sur le gros rocher en face du nôtre.

Larus repartit dans le Sud chez sa nichée natale, mais ne voulut pas s'avouer vaincu. Il revint avec des cousins tournoyer autour de son rocher qu'on lui avait pris, alors qu'il avait tout fait pour en rester le maître. Mais ils durent renoncer pour de bon et rentrer chez eux.

Vu de chez nous, le spectacle fut assez comique, ce n'est pas pour rien que je m'appelle Rieuse, et voilà pourquoi les goélands pleurent en Bretagne et que les mouettes rient en Normandie.

Longues ondes

Dimanche soir entre Manche et Seine-Saint-Denis. Nous avons fini de dîner à 19 h 30, Alma et Juliette nous ont fait coucou de la fenêtre de la cuisine. Ultimes baisers envoyés avant de passer la seconde. J'ai fait le plein dans l'après-midi, je franchis les diverses chicanes des lotissements pour rejoindre l'autoroute.

Au fond de leurs sièges auto, Louise et Marcel guettent la passerelle de l'aire de la Baie, qu'on a surnommée le Diplodocus, et qui matérialise la dernière vue que nous avons sur la ville.

« Au r'voir Avranches ! » crient-ils à l'arrière.

Un peu plus loin, nous passons à hauteur des éoliennes, leurs grandes ailes nous saluent, elles sont cinq comme notre famille. Marcel fait toujours l'inventaire :

« Regar' Papa ! Il y a : les parents, et les trois enfants ! »

Il n'y a personne jusqu'à Caen. La voiture glisse sur l'asphalte neuf, sans coup de frein, ni coup de volant. On écoute un peu de musique, puis le silence ronronnant, le tic-tac des clignotants. Bercés, ils s'endorment dans leurs pyjamas, le doudou écrasé entre le carreau et la tête.

Sur l'A13, j'enfile les écouteurs et je branche la radio. Soirée live spéciale : lecture d'une nouvelle de Georges Simenon, *Le Train*, par Guillaume Gallienne, sociétaire de la Comédie-Française. Adaptation de Pierre Assouline. Le fils Simenon est dans la salle.

L'histoire d'un trajet, au printemps 1940, et de Marcel Féron, un homme fuyant les Ardennes envahies par les nazis. Départ en catastrophe avec sa fille et sa femme enceinte, dans un train qu'on oublie en chemin. Le héros a le prénom de mon fils, il est réparateur de radios, la mienne a des ratés. L'écoute radiophonique me plonge en moi-même : il y a les intermèdes de cordes et piano dramatiques, ici une clarinette pour l'ironie, le crépitement des ondes, quelques silences électrostatiques, et les voix. Celle de Guillaume Gallienne matérialise un quidam sans aspérité, en ébullition intérieure et qui parfois doit donner à voir un visage ahuri.

Je me suis levé tôt toute ma vie.

Ça commence comme Proust, à ceci près que le narrateur précise que son emploi du temps est plus fait d'habitude que de nécessité. La nuance est de taille avec l'autre Marcel, celui qui longtemps s'est couché de bonne heure. Il préférait le champ des possibles à la réelle contingence. Il s'est longtemps couché de bonne heure, puis un jour il a pris conscience du temps perdu. Souvenir premier des soirées d'été pour l'un, des matins pour l'autre. Le Marcel de Simenon s'est levé tôt, mécaniquement, d'un bout à l'autre de son existence, à l'opposé de l'oisiveté aristocratique du Parisien, une tête parmi des centaines d'autres.

À mi-chemin de ces deux-là, je suis une machine réglée sur minuterie, je compte mes sous, je compte mes pas, et les jours qui me séparent du week-end. J'ai l'angoisse des heures vides, la culpabilité du temps non employé, qui ne produit rien, pas même un divertissement. Je m'échine à courir dans les interstices, gainage et burpees, faire du muscle, perdre du gras, faire quelque chose. Tailler les haies, tondre la pelouse, asservissement domestique. Dans les interstices, j'essaie aussi d'être autre chose, d'être plus qu'un Marcel roulant son rocher. Je roule pourtant, dans une voiture parmi des centaines d'autres. Je ne suis pas en wagon de première classe, je charrie mon petit bétail.

Une guerre personnelle entre le destin et moi.

Il passe son temps à se justifier, il tient à préciser qu'il était un homme heureux, il veut dire encore une fois qu'il aimait sa femme, sa fille, sa rue, sa petite vie. La porte de l'atelier s'ouvrant sur la cour au matin, ça doit ressembler aux lueurs de banlieue que je contemple de mon balcon, c'est une paix de l'instant. Mais les précautions oratoires annoncent des entorses à la routine.

Le train s'arrête au milieu de nulle part et moi aussi. Nous sommes à une quarantaine de kilomètres de Rouen et les véhicules font l'escargot à perte de vue dans la vallée devant moi. Des champs et des bosquets nous entourent, une colline de feuillus au loin, la nuit descend.

Marcel Féron et moi sommes à l'arrêt. Lui perd

de vue sa femme et sa fille, mes mômes dorment à l'arrière. Nous sommes seuls, lui et moi. Parfois, je le perds dans la friture, l'onde hertzienne s'est cachée derrière un remblai, puis je le retrouve quand le paysage se déploie, de même qu'il voit défiler la campagne française d'est en ouest.

Les fleurs sauvages, bleues, blanches, jaunes…

Je glisse avec lui dans l'enfance, sa madeleine est une source qui a le goût de son corps et de l'herbe. Je divague vers mes vieux étés, de chaleur et d'ennui, ma peau en contact avec le monde, les routes de goudron collant qu'on dévale à toute allure, et qu'on remonte en traînant les pieds.

Marcel est arrivé près de La Rochelle, il vit une histoire interdite et passionnée avec Anna, échappée de la prison de Namur. Une femme en noir, des cheveux à la robe couverte de poussière et qui se fait toute petite au milieu des hommes, malgré ses talons très hauts et très pointus. La voix est un peu niaise, un peu frêle, mais c'est ce qu'elle inspire à Marcel qui la rend si spéciale.

Seule parmi les autres.

Dans la monotonie du bouchon, Simenon m'a écrit ça, une échappée familiale et conjugale, que je vis en sourdine avec mes écouteurs, à des kilomètres de ma femme que je ne reverrai que dans une semaine. Je suis cet homme gris qui se trouve une couleur dans un pays en guerre, un pays qui n'est plus le sien, avec une femme qui n'est pas la sienne. C'est un abandon d'enfant à l'inconnu. Je me sens comme une ménagère devant son feuilleton à l'eau de rose, frisson de l'amour défendu. Je rougis comme si je lisais un livre érotique dans le métro.

Difficile pourtant de s'identifier, je suis loin d'être un type sans problème, j'ai la tête farcie du quotidien. La vie posée m'est étrangère. Féron répète encore qu'il a réalisé son rêve avec son train-train. Moi pas. La friture nous rattrape et je le perds à nouveau.

C'est un drôle d'état que celui d'un homme qui, au terme d'une journée, se sent le cerveau vide, ivre sans avoir bu. Je connais cette humeur, un détachement de soi par rapport aux autres hommes. La connivence entre ces inconnus, la simplicité du « viens » qu'il lui attache, je connais. Un jour, j'ai pris dans ma main une main inconnue, je l'ai prise et ça disait : « viens ». Sans parole. Elle vint.

Je vis sur un autre plan, pour un temps indéterminé.

La vérité, c'est que j'ai épousé la femme en noir, la fille du feu. Alma est pour moi ce qu'Anna est à Marcel Féron : l'être humain, seule parmi les autres. Aujourd'hui encore ma vie avec Alma est une vie en décalé du temps des hommes. Le monde tourne autour de nous et se désaxe dès qu'on s'éloigne. Je ne peux pas donner à Mme

Féron les traits de mon épouse. L'analogie s'arrête là. Je ne suis peut-être pas si Féron que ça.

Le paysage m'entrait dans la peau.

C'est un moment fou de fin du monde, Marcel cherche mollement les siens et s'ancre dans une autre histoire, sur des rails parallèles. Il y a encore les combats, mais la déroute arrive à grands pas. Pétain capitule. Je suis enfoncé dans son histoire comme lui dans la sienne, et je me laisse faire de bonne volonté.

Avec la défaite vient le retour vers Mme Féron, que Marcel a retrouvée dans une maternité. Une ellipse le catapulte des années plus tard, après la guerre. Il a maintenant un bureau, une vitrine, trois enfants qui vont dans de bonnes écoles, une petite vie bourgeoise sans histoire.

Le récit pourrait s'arrêter ainsi, au prochain péage, à 10 kilomètres. Je regarde l'heure sur le tableau de bord, il reste un quart d'heure. Que peut-il se passer après ?

Si Marcel Féron relate en secret l'amour défendu avec Anna, pendant l'exode, c'est pour que son fils sache qu'il a été capable de vivre une passion, qu'il a eu un jour le courage de l'aventure. Cette fin est assez banale, je suis déçu.

Soudain, tout prend sens avec un dernier flashback, l'hiver 1941, un an après la rencontre avec Anna. Marcel et sa famille ont retrouvé leur petite vie modeste à Fumey, dans les Ardennes. Les braises de la passion sont trop enfouies sous la cendre. La femme en noir surgit, un soir, elle le guette dehors, elle a besoin de son aide pour se cacher, elle et un aviateur anglais.

Écoute...

L'infime hésitation de Marcel est suffisante, aussi parlante que le « viens » de tout-à-l'heure. Anna a compris, elle disparaît dans la nuit. Il apprend dans le journal qu'elle a été fusillée quelques jours plus tard. Je repense à ce qu'il disait au début de l'aventure et me moque amèrement de lui.

Je n'étais plus responsable, balayé par le vent de l'histoire.

Je termine le trajet avec les ondes parisiennes, une deep house ou un jazz club en phase avec les portiques de l'A86 et le tunnel de Bobigny. Les lumières urbaines défilent sur les carrosseries, des gyrophares palpitent sur les voies contraires. J'entrouvre ma fenêtre : je respire l'air de chez moi.

Nous arrivons un peu avant minuit, pour une fois je réussis à me garer au pied de l'immeuble. Les enfants se réveillent le temps de prendre l'ascenseur et se coucher dans leurs lits de semaine. Enfouis sous leurs couettes, ils repartent dans leurs songes.

Je vais au salon, m'approche de la fenêtre : la

banlieue ne s'endort jamais complètement et moi-même je veille. Je viens de passer cinq heures en voiture, mais je n'ai pas quitté le train.

Nous menons nos vies sans parenthèse, et quand celle-ci advient, sans prévenir, est-on capable d'en faire quelque chose ? Quelque chose de bien ? Quelque chose de grand ? Marcel est confronté à la question qui se pose à tout civil occupé en temps de guerre : résister ou renoncer ?

Il a cette aventure avec cette femme. Lui l'homme ordinaire, elle la mystérieuse évadée de prison. C'est une croisée des chemins : rejoindre sa femme qui vient d'accoucher à Bressuire ou s'engager dans la lutte contre l'occupant. Ça pose autrement la question de la responsabilité. Ce que l'homme fait de lui-même. Qu'aurais-je fait ? Je me dis que si je retrouve les traits d'Alma dans ceux d'Anna, alors je crois que j'aurais embrassé la bravoure.

Mais on prend nos petites vies pour prétexte. Il n'y a pas de héros du quotidien, seulement des gens qui vivent ce jour sans fin, le retour du réveil-matin. Mes petits comme des marmottes, je guette le retour des saisons, j'attends, j'espère, je repousse, je diffère, je rembourse les annuités. L'homme endetté boit des grenadines trop diluées.

Sur le balcon, je reste un instant à regarder les voisins devant leurs télés, la rue n'est plus traversée que par des chats errants, des travailleurs de nuit partant au boulot d'un pas fatigué. Il a un peu plu, les trottoirs sont d'un noir luisant où se réfléchissent les éclats jaunes des réverbères. Le dernier bus embarque ses derniers voyageurs vers les départs de métros. D'autres trains, une nouvelle semaine à venir.

Les tripes à l'air

J'ai fait la connaissance de Michel à la foire Saint-Luc, institution du pays de Gavray, aussi vieille que Richard Plantagenêt. Le hasard nous avait placés côte-à-côte sous le grand barnum. Il chipotait une côtelette, tandis que je croquais négligemment des allumettes de carottes.

Les joues rouges, l'œil rieur et attentif, il me parla sans préambule de la météo du matin même, qui avait été fort peu engageante. Bien que nous n'y fussions pour rien, nous pûmes nous féliciter d'avoir échappé à un grain, et rendre grâce aux cieux pour tous les participants de ce comice.

En vérité, le cœur n'y était pas, il m'était difficile de me réjouir d'une telle manifestation. J'étais venu soutenir une nièce qui lançait une micro-entreprise de lingettes réutilisables. J'appréciais du reste l'ambiance festive et le grand air, mais j'aurais aussi bien préféré explorer d'inconnus petits chemins, me trouver seul et ne penser à rien.

Michel dut sentir mon étrangeté, aussi entreprit-il de me raconter l'histoire que je livre aujourd'hui. Je lui en sus gré, car je n'eus qu'à écouter.

*

Il y a quelques années, Michel faisait partie de la Confrérie des Vikings du Bocage, qui siège en Avranches, et dont l'objet est de décerner des médailles gastronomiques aux charcutiers du pays Bas-Normand. Les membres se font appeler les Jurats, par proximité sémantique avec les jurés de tribunal. À ceux-là Saint Paul demandait : qui es-tu, toi qui juges ? Ils ne répondaient pas.

Le grand maître de ces distingués messieurs, un certain André Promey, présidait donc à ces comparutions immédiates de terrines, boudins, saucisses et andouillettes.

L'assemblée était à majorité masculine, ventres proéminents sous blouses noires, écussons héraldiques de léopards passant l'un sur l'autre, foulards rouge de gueules et or, chapeaux melons sur trognes pourpres. On recevait en grande pompe et inclinés monsieur le Maire et monsieur le Député, on faisait des discours vantant le savoir-faire local, l'amour des artisans pour les bons produits, litanies d'assonances labiales dans des gorges grailleuses.

J'arrêtai là Michel dans son récit, surpris du ton acide avec lequel il décrivait ces honnêtes gens. Il m'assigna au silence d'un hochement de tête, et je me tins coi.

Cette année-là, un record fut battu : soixante-douze terrines de porc furent déposées par les participants à la salle des fêtes. Ils venaient du

Centre-Manche, de l'Orne, de la Mayenne, du Calvados. Convergence de soixante-douze blocs de chairs persillées pour douze goûteurs gourmets, salivation assurée des glandes gustatives.

Au milieu de cette assemblée, Michel à l'œil aiguisé vit la catastrophe venir dans les yeux d'André. Ce dernier n'était pas à son aise, on eut dit que cette profusion de salaisons l'écœurait. Cela n'échappa non plus à Noël, grand chambellan, qui lui faisait face.

« Eulah mon Dédé ! C'est-y que tu serais fillette ? Ou bin que t'aurais commencé avant nous ? »

Rires gras.

André, à l'imposante stature, courte moustache grise, connu pour son caractère taiseux, fit bonne figure et entama l'agape. Chacun devait goûter chacune des soixante-douze terrines et noter sur une grille d'appréciation ses impressions : assaisonnement, texture de la viande, cuisson, odeur, aspect général (note d'esthétique), note d'ensemble.

Le premier échantillon était assez consistant : une tranche rosée où scintillaient des cornichons émincés, assez peu de gélatine et donc un pâté pleine viande, profitable au goût, rond et suave, à peine relevé de l'astringence du vinaigre.

André nota assez favorablement ce candidat sur presque tous les items. Malgré lui, quelque chose dans l'odeur l'incommodait, comme la persistance du suint – ce n'était pourtant pas du mouton – s'y mêlait une amorce de remugle d'étable.

Pour faire passer les bouchées, des bouteilles de blanc sec furent déployées à travers la tablée. L'ambiance resta néanmoins studieuse, appliquée. Il était question de manger.

Les plats s'enchaînèrent. Certains étaient trop

gras, d'autres trop originaux. André disqualifia, sans même le goûter, celui qui avait remplacé les condiments par du chocolat noir et des noix de macadamia. Cependant, il était arrivé au onzième ou douzième pâté quand il fut pris d'un haut-le-cœur. Il sut alors qu'il ne finirait pas la journée comme prévu. L'odeur du suint était de plus en plus présente, doucereuse d'abord puis refluant par vagues dans ses narines. Un relent de sueur et de peur échappé d'une fosse à purin. Sa gorge se tapissait d'une lymphe froide et visqueuse. Les lampées de blanc ne changeaient rien à ce glacis écœurant.

André ne put pas terminer la cinquante-quatrième terrine qui vint à sa portée.

Il se leva, se racla la gorge, et demanda gravement l'attention de ses confrères.

« Mes chers amis, ne me tenez pas rigueur de ce que j'ai à vous dire. Je connais chacun de vous ici, c'est toute une vie que nous partageons depuis l'école élémentaire. Michel, j'étais à ton mariage, Noël, j'étais à celui de ta fille. Vous m'avez soutenu il y a quelques mois quand Sylvie est partie. Vous savez que je ne suis pas du genre à me cacher, je dis les choses franchement.

– Alors dis-les ! Lança Jacky du fond de la salle.

– Que faisons-nous ici, mes amis ? »

Il y eut un silence et des yeux ronds sans expression. Ni crainte, ni tremblement. Il était difficile de savoir sur certains visages s'ils cherchaient à comprendre de quoi il retournait ou s'ils patientaient pour retourner à leurs pâtés.

« Regardez-nous, de vieux messieurs bedonnants avec des problèmes cardiaques, de cholestérol ou de prostate, le diabète de certains…

– Et alors ? Coupa Jacky. Faut bien mourir de quelque chose !

– Doit-on pour cela en faire mourir d'autres ? »

Nouveau silence, l'assistance était perdue dans l'incompréhension.

« Mais de quoi tu parles André ?

– De ça, répondit André en désignant la table, de tout ça. Toute cette mort.

– Quelle mort ?

– La viande.

– Mais qu'est-ce que la viande a à voir avec la mort ? La viande c'est la vie !

– Comment peux-tu dire ça, Jacky ? La viande c'est une chair morte, sans vie, y as-tu pensé ?

– Deudla ! »

Jacky empoigna un couteau qu'il planta de rage dans la table. Dans le même mouvement il se dressa, sourcils froncés, poings serrés. Il pointa du doigt André :

« Je sais ce que t'es en train de faire, André, mais je te préviens de faire bien attention ! Tu parles à des éleveurs, des bouchers, des charcutiers, ton fils est là, de l'abattoir, fais bien attention ! Tu nous parles de mort alors que c'est ce qui nous fait vivre ! C'est de ça qu'on vit, la plupart d'entre nous, tes voisins, tes amis ! Es-tu fou ?

– Je dois l'être, assurément, je sais qu'il est compliqué de vous dire ça, mais je ne pouvais plus faire semblant. Comprenez…

– Y a rien à comprendre ! Tu t'assois immédiatement et tu finis ta terrine ! Si t'ouvres ta gueule c'est pour bouffer ! Et puis je vais te dire André, tu fais le grand monsieur tout seul comme ça, mais t'es pas un homme, t'es un lâche. »

Il n'y avait rien à répondre. Aucun mot ne pouvait traduire ce que ressentait André. Tel Abraham, il parlait en langue, et les hommes ne le comprenaient pas. Selon Michel, c'était comme une révélation qui lui était tombée dessus, sans raisonnement ni cheminement de pensée. Les terrines étalées devant lui étaient autant de sacrifices inutiles. Les injonctions de Jacky n'avaient pas la force divine d'un appel à gravir le Moriah, et le silence d'André fut sa manière à lui de garder sa vérité intacte.

« Ni enfant, ni bélier », murmura-t-il.

Il regarda Michel, qui baissa les yeux.

Avant de quitter la salle des fêtes, André Promey enleva son chapeau melon et le posa sur son assiette, recouvrant ainsi la cinquante-quatrième terrine.

*

Mon voisin de table finissait son histoire et sa côtelette refroidissait.

Je lui demandai s'il était triste d'avoir perdu un ami. Il mit un certain temps à répondre, le nez dans son assiette.

« La vérité, jeune homme, c'est que la viande j'en ai assez, je la mange par habitude, par obligation. Il avait raison, c'est de la mort qu'on avale, mais peut-on le dire aux gens d'ici ? Ils ne comprendraient pas. Il faudrait remettre en cause leur vie même, c'est un effort bien trop grand qu'on leur demanderait. À plusieurs ce serait différent, mais seul je n'ai pas la force de dire non, et l'exemple d'André ne m'encourage pas. Il vit tout seul, sa femme est décédée depuis longtemps maintenant. Son fils ne lui adresse plus la parole, le dimanche il se tasse au fond de l'Église, il ne communie plus. »

Michel me disait tout ça avec un sourire d'àquoibonniste. Il prépara sa dernière phrase avec malice, les yeux à nouveau rieurs, les mots attendaient derrière les lèvres tremblantes :

« Non, vraiment, je n'ai pas les tripes, c'est peut-être pour ça que j'en mange. »

Un objet dont le néant s'honore

Patrick

Il t'aura fallu vingt ans pour découvrir cette fenêtre.

Pendant tout ce temps, vous n'avez jamais vraiment utilisé le salon. Il y avait ce buffet que vous n'avez jamais eu l'idée de bouger. Toute cette vie à courir, maintenant les enfants sont partis. Tu tournes en rond.

Tu arrives au travail de bonne heure, tu rentres à 16h00. Les soirées sont interminables.

Sylvie a su comment tromper l'ennui : elle fait des courses. Qu'est-ce qu'elle peut bien faire deux heures par jour dans les magasins ? Et elle ne revient jamais avec plus d'un sac plastique et une baguette.

Toi, ça y est, à cinquante-deux ans, t'as trouvé ta place de vieux. Dimanche dernier, t'as demandé à Thibault de t'aider à dégager ce buffet immonde. Depuis, tu passes tes soirées sur cette chaise à regarder la Seine.

Tu fumes une Gauloise, de temps en temps, ça va avec le paysage. Tu regardes passer les péniches comme les vaches regardent passer les trains. Tu sais qu'on est vendredi quand descend celle de la cimenterie, à vide de ce qu'elle a déposé la veille à Gennevilliers. Il y a cinq ans, tu te serais mis des claques. Aujourd'hui, ça va, moins d'urgence, moins de culpabilité, moins de soucis, quelques cicatrices. Par exemple, tu aurais aimé que ce soit Michael qui t'aide à déplacer le buffet, plutôt que demander à ton gendre. Mieux vaut ne pas y penser. Penser à autre chose, s'occuper l'esprit, ou ne penser à rien.

La croisée au nord vacante… une bribe de Mallarmé, il faudrait aller voir tout le poème, mais ça suffit à dire ce vide. *Abolis bibelots d'inanité sonore,* toute une vie à remplir de ton agitation. Se rendre compte qu'on peut aussi bien ne rien faire.

Jeune, tu étais énervé, orgueilleux, fier de ton impatience, tu ne tenais jamais en place. Difficile d'abandonner ce qui nous fait tenir debout. Ça te pince un peu, c'est une pensée qui te traverse aussi, le fleuve toujours changeant, le temps qui passe, rien ne reste. Que laissera Patrick dans son sillage ? Une chaise vide, près de la fenêtre.

Ginette

Les jeunes sont partis il y a un quart d'heures à peine et voilà que la petite Lepeltier a déjà fini son ménage. Je trouve qu'elle y passe de moins en moins de temps, tout de même, à son ménage. Je l'appelle la petite Lepeltier mais c'est vrai que ce n'est plus une jeunesse, et puis elle a épousé le gars Anfray il y a longtemps maintenant.

Elle sort de la maison en prenant soin de regarder ses chaussures et de tourner le dos à la rue. Elle sait que je suis à la fenêtre.

Pas le temps pour la vieille. Elle serait capable de me bassiner encore sur ma mère et les enfants et toute la généalogie. Oh non ! V'là l'autre !

Thérèse débarque au moment où elle se retourne, pas moyen de l'éviter, et le trottoir n'est pas bien large pour faire comme si on n'avait rien vu.

Quelle pipelette !

Bon, la torture s'achève assez vite, parce que Thérèse vient me chercher pour m'emmener à la polyclinique. Pour mes soins. Elle toque à la porte comme un pivert et prend un air essoufflé quand je lui ouvre.

« Bonjour Ginette ! Comment va ? Sourit-elle.

– On fait aller, lui fais-je.

– Je viens de croiser Madame Anfray, vous allez avoir des Parisiens pour voisins, ils arrivent demain matin.

– Ah dame ! »

Patrick

Ton épouse a eu cette bonne idée de prendre une location à Avranches, dans la Manche, pour un week-end de trois jours. L'occasion de voir Michael et les enfants, d'aller marcher, arpenter le sentier littoral jusqu'à Granville au nord, jusqu'au Mont Saint Michel au sud.

Dès le premier jour, Patrick, dans cette maison de ville à deux étages, ton premier geste a été de te trouver une fenêtre, comme à Poissy, pour retrouver la paix d'une longue contemplation.

Hier déjà, après une longue randonnée derrière le cordon dunaire, quel plaisir ce fut de s'asseoir jusqu'au dîner. Sylvie est partie faire des courses. Deux heures de calme.

Pourtant, la vue est différente, c'est la rue d'en face, une enfilade de maisons en pierre, des toits d'ardoise et le bocage plus loin, au-dessus des cheminées, un horizon de haies et de prés, interrompu de lotissements. Ton œil a cherché une échappée plus large, en vain. Le monde sauvage s'est dérobé, il n'est resté qu'un saule légèrement soufflé par le vent d'ouest.

Et la fenêtre en face.

Une vieille dame y passe la tête en écartant les rideaux. Tous les quarts d'heure.

« Elle ferait une bonne concierge d'immeuble », as-tu dit à Sylvie, le premier soir.

Ce matin, avant de partir pour une nouvelle journée de marche, tu es resté un moment à fumer ta Gauloise. La vieille dame se montrait encore, aussi régulière que le tic-tac de la pendule au salon.

« Fait chier », as-tu dit les dents serrées.

Elle a l'air gentille. C'est peut-être ça le pire. Aussi gentille que la Seine est paisible, vue de chez vous. Détestable, n'est-ce pas ?

À fixer ainsi ces rideaux, cette fenêtre, cette maison, Patrick, que vois-tu de si insupportable ? La poussière dans les rayons du soleil, chaque fois qu'elle écarte les rideaux, les traces de pluie séchées sur les carreaux, et tous les signes d'une maison qu'on n'a plus la force d'entretenir, parce que le cœur n'y est plus. Ni l'énergie. Parce que seule, ça ne vaut plus la peine.

Tiens, ce soir, personne ne vient écarter les rideaux poussiéreux. Tu es assis depuis une heure, ça ne remue pas de l'autre côté de la rue.

« Elle n'aurait pas pu attendre que je sois parti pour caner ? » pestes-tu dans le noir, sur ta chaise.

Tu te lèves, fais les cent pas, Gauloise au doigt. Penché à la fenêtre ouverte, tu scrutes la rue. Tu détestes cette vieille. Tu la hais. Tu lui inventes une vie de débauche et de crimes pour la haïr un peu plus.

Pendant le dîner, Sylvie ne sait plus quoi dire pour te dérider, elle a cet air triste que tu lui connais bien, celui qu'elle a quand tu rentres énervé du travail. Parce que ça ne va pas assez vite, parce qu'un collègue a mal fait son boulot, parce que Michael n'a pas appelé depuis deux semaines, ou parce que tu as envie de faire la gueule.

Tu as beau détester cet air-là, tu détestes encore plus la vieille dame d'en face. Tu te lèves de table avant la fin du repas, sans un mot, et tu retournes à ta fenêtre.

Quelqu'un traverse la rue. Tu ne reconnais pas tout de suite Sylvie, pourtant c'est elle. Elle appuie sur la sonnette de la maison, la porte s'ouvre. C'est la vieille dame. Elles parlent quelques minutes. La vieille dame sourit.

Sylvie revient, elle te rejoint à la fenêtre. Tu te sens idiot, imbécile. Tu lui dis :

« Merci. »

Ginette

« Et pour la p'tite dame ce s'ra ?

– Un poireau et une livre de pommes de terre, s'il vous plaît.

– Et c'est parti ! »

Envoyons vite la commande de la vieille, y a la rouquine juste après.

Le monsieur du primeur ne laisse rien voir, mais je sais qu'il en pince pour la cliente derrière moi. Enfin, ça lui pince moins le cœur que le pantalon. C'est une grande rousse en robe à fleurs et décolleté plongeant. Son type à elle, c'est plutôt le patron de la société de services à la personne, une sorte d'hidalgo à barbe poivrée.

Le plouc va encore me reluquer les seins, il fera de beaux rêves.

Il y a tout de même quelques touristes sur le marché, c'est plutôt animé. Je dis « tout de même » comme si quelqu'un venait de me dire le contraire, mais je me parle toute seule, comme toutes les personnes âgées, on fait ça et puis on hausse les épaules. C'est pas bien méchant.

Je me faufile entre les groupes et les étals, personne ne me remarque et je peux les observer. Ça me fait voir du monde.

Thérèse passe le week-end chez son gars, elle profite de ses petits enfants. René et moi, on n'a pas eu d'enfants, et René est parti depuis vingt ans maintenant. Vingt-et-un ? Je ne sais plus. Enfin je n'ai pas vraiment de famille, mais je connais les gens d'ici depuis toujours.

J'apprécie quand même que la petite Lepeltier ait mis la maison de ses parents en location saisonnière, ça change un peu. Les petits jeunes de la semaine dernière ont passé la plupart du temps dehors à faire de la randonnée. La jeune femme est enceinte mais son copain ne sait pas. Elle n'a pas envie de le garder. De toute façon, lui n'arrête pas de penser à sa collègue du lycée. Elle est célibataire depuis quelques semaines et il sent que quelque chose se passe entre eux.

Voilà le garde champêtre, il se dandine jusqu'à la place du marché et me fait un petit signe de tête en soufflant entre ses lèvres pincées. Il regarde autour de lui comme s'il cherchait quelque chose ou quelqu'un.

J'vais commencer par un calva, on verra ensuite pour un café.

Il entre dans le bar de pays. Une exclamation joyeuse l'accueille.

J'avais l'habitude de m'arrêter là, dans le temps. C'était à l'époque. On papotait avec les connaissances, mais mes jambes ne me portent plus si bien. Si je m'arrête, je ne suis pas sûre de pouvoir me remettre en chemin.

Et puis, j'aimerais croiser encore une fois les Parisiens.

Patrick

Jour du départ. Tu charges la valise dans le coffre de la voiture et tu attends Sylvie.

Elle fait un peu de ménage avant de rendre la location. À vous deux, en trois jours, vous n'avez pas vraiment fait de saletés. Elle pourrait écourter, il faut déposer les clés chez les propriétaires, à l'autre bout de la ville, et faire le plein avant de prendre la route. Tu trépignes, tu détestes attendre.

Sylvie arrive enfin, sourire satisfait. Puis, elle

marque un temps d'arrêt sur le trottoir.

« Mais c'est Ginette ! » s'écrie-t-elle.

La vieille dame remonte la rue à une cinquantaine de mètres de vous.

« Patrick, viens m'aider à lui porter ses courses », commande-t-elle.

Tu n'as pas envie de porter les courses de Ginette, tu veux partir. Rentrer chez toi. Demain, retour au turbin.

« Bonjour, Monsieur », s'essouffle Ginette en souriant quand tu arrives à sa hauteur.

« Ouais, bonjour. Vous pouvez pas vous les faire livrer, vos courses ?

– Eulah non, je peux bin le faire moi-même, à mon âge vous savez, il ne faut pas se laisser aller.

– Ouais ? Vous êtes quand même bien contente que je vous porte votre paquet de Volvic.

– Patrick ! s'indigne Sylvie. Occupe-toi des sacs et je donne le bras à Ginette jusqu'à chez elle.

– Vous êtes bien aimable, ma p'tite dame », s'essouffle encore Ginette.

Elle sort de sa poche de blouse un trousseau de clés qu'elle peine à soulever pour te le tendre.

« Si vous pouvez déposer le tout dans l'entrée, après je me débrouillerai…

– Ben voyons », marmonnes-tu.

Tu la laisses brandir ses clés un instant. Elle ne tiendra pas longtemps. Tu les prends. Puis tu empoignes le pack d'eau et un cabas où s'entrechoquent des bocaux sous les paquets de petits beurres.

De mauvaise grâce, tu portes les provisions jusqu'à la porte, l'ouvres, réprimes un sentiment de dégoût quand l'odeur de la maison t'envahit, et jettes le tout dans l'entrée. Quelque chose craque dans le cabas. L'un des bocaux est cassé.

« Bien fait », ricanes-tu.

Ginette

La dame est bien aimable, je sais qu'elle m'aide parce que ça lui fait plaisir, je sais aussi qu'elle le fait pour enquiquiner son mari. Mal aimable celui-là. Et malpoli. Elle croit encore qu'elle peut le changer. La pauvre, si elle savait.

Depuis la tumeur, je sais tout, j'entends tout. Tout ce que les autres ont dans la tête. Je sais que Thérèse est inquiète pour moi, et qu'elle a peur d'être la prochaine si je ferme les yeux. Je sais que le docteur était soulagé quand il m'a annoncé la nouvelle et que je lui ai souri. Je sais qu'il revivait une ancienne affaire de patient qui avait porté plainte.

Je sais aussi tout ce qui se passe dans le crâne du Parisien collé à sa fenêtre. Il a peur de vieillir, lui aussi, peur de la mort, peur de l'ennui. Je sais qu'il me guettait, l'autre soir, et j'ai fait exprès de ne pas me montrer. Sa dame est venue sonner, elle pestait à l'intérieur. Contre lui, contre sa mauvaise humeur maladive. Elle voulait s'assurer que j'allais bien, et le faire enrager un peu plus.

Ça m'a plu, alors j'ai été aussi aimable qu'il était grincheux. Je ne suis plus bonne à grand-chose, mais je sais faire la vieille. Il suffit de respirer plus fort, marcher lentement, et faire croire qu'un trousseau de clés pèse dix kilos.

Quand nous arrivons à la porte, avec la dame, je sais déjà. Je ne dis rien. Je pèse juste un peu moins sur son bras. Le monsieur est étendu sur le carrelage de l'entrée. Il ne bouge plus. À côté de lui, une flaque se répand du cabas, ça doit être les petits pois.

Bien fait.

Sur place ou à emporter

Rien ne ressemble plus à un bureau qu'un autre bureau, c'est une longue liste d'escaliers donnant sur les mêmes paliers, des couloirs en enfilade et des portes qui ouvrent sur des visages morts.

Silence au quatrième, comme dans le reste du bâtiment de l'Urssaf, à moins que ce ne soit le siège d'une banque locale, d'une assurance, ou l'administration fiscale, comment savoir ? Il y a des posters encadrés de bateaux à voile, des ficus aux angles, une fontaine à eau cernée de bonbonnes vides, aucun signe distinctif, nous sommes dans le tertiaire.

Le bureau GH-21 donne sur la place de la

Préfecture, de là on peut voir un joli bout de vallée et quelques clochers de villages avant l'horizon. À l'intérieur, l'espace est un peu grand pour le peu de meubles qu'on y trouve : une armoire à rideaux s'ouvre sur des dossiers rouge et bleu, et le bureau ne sert qu'à tenir l'ordinateur portable auquel s'accroche un type en cravate.

La fenêtre a beau être un point de fuite, Cravate n'a d'yeux que pour son écran. Il arrange les colonnes d'un tableur Calc, puis essaie de faire tenir dans 26 pouces les noms des débiteurs, les numéros et dates de factures et le montant restant à recouvrer. Il ajoute un champ « Observations / Actions », reformate les cellules pour avoir des nombres à deux décimales et un séparateur de milliers. Aperçu avant impression : la page ne doit plus être affichée en paysage, mais en portrait.

La vie se résume à ça, se dit Cravate : choisir entre le portrait ou le paysage, la verticale ou l'horizon, l'ici ou là-bas. C'est l'économie qui tranche : le mode portrait génère moins de pages.

Il clique à présent en colonne D pour un tri décroissant, de telle sorte que les plus fortes dettes se retrouvent en tête. Voilà, ça c'est fait, se dit Cravate en jetant un œil dehors. Il fait beau, c'est étonnant.

Après la pluie diluvienne de ce matin, des trombes d'eau dans la nuit, sur la route, à travers les lotissements s'étalant au milieu des champs, dans sa voiture rythmée par le tic-tac des essuie-glace, Cravate n'avait pas vu le jour se lever, et l'information lui arrive par les yeux sans prévenir. Vient aussi le sentiment d'un à-quoi-bon, à moins que ce ne soit le doux bruit de sa messagerie.

Madame Réaumur répond à sa demande de pièces de la semaine dernière, elle le prie de trouver en pièces jointes les documents demandés cordialement.

Il n'y a pas de pièce jointe. Cravate renvoie un message pour le signaler cordialement.

Retour au tableur, un par un il faut vérifier les actes diligentés à l'encontre des débiteurs. Cravate soupire. Il se fixe pour objectif d'en traiter cinq d'ici la pause café. Sylvie va débarquer dans trois quarts d'heure pour rabattre tout le quatrième étage vers le local cuisine-fournitures.

N'oublie pas de boire, se dit Cravate en attrapant le demi Vittel. Deux litres d'eau, cinq fruits et légumes, trente minutes de marche, huit heures de sommeil. Le quotidien est chiffré, les objectifs sont clairs et atteignables, vas-y Cravate, avale tes 25 % de fluide obligatoire.

Nouvelle clochette de sa messagerie, Madame Réaumur renvoie les fichiers, avec la PJ c'est mieux écrit-elle avec un point d'exclamation. Cravate sent bien qu'elle s'est retenue d'aligner un point virgule, tiret du six et parenthèse droite.

C'est quoi son prénom ? Mélanie. Elle doit avoir une petite trentaine, des cartes postales des Maldives punaisées près de son bureau, les cheveux teints en blond avec des mèches noires et des racines blanches, un surpoids de mère de deux ou trois enfants qui n'a jamais pu se remettre au sport depuis la dernière grossesse. Il ouvre les documents : c'est un scan du tableau adressé l'année dernière, annoté au stylo rouge.

Tiens, ils peuvent scanner en couleur chez eux ? Se demande Cravate, avant de répondre à Madame Réaumur qu'elle s'est trompée de tableau. Il aimerait signer laconiquement, au lieu de cordialement, mais il se retient comme Madame Réaumur a dû se retenir par un point d'exclamation.

Retour au tableur, taper Martin, taper Dupont, Traore, Rambelomanana, Ricour, Chicheportiche, Waziesko, Wu-Diong ou Huguenin. Un à un s'enquérir de l'adresse, des revenus, du compte bancaire, de l'employeur, mettre en route l'algorithme mental pour déterminer si on poursuit ou si on laisse tomber, ne pas s'attarder au nombre d'enfants, aux courriers pleins de fautes de syntaxe et d'orthographe décrivant une situation insoutenable, mais s'intéresser à l'hypothèque, la carte grise, les remboursements de crédit TVA.

Cravate fixe longuement les dix premières lignes, incapable de s'y mettre. Il regarde à nouveau par la fenêtre, pas de fuite de ce côté-là. Il se lève et va se poster au seuil de son bureau, il écoute le bruit blanc des couloirs immobiles, la ventilation fait un tapis sonore et statique, la poussière ne se dépose jamais. De temps en temps, des talons résonnent au loin, ou une quinte de toux derrière une porte fermée.

Cravate tend l'oreille, il a cru entendre un

gémissement étouffé, peut-être y a-t-il des collègues qui échappent à la monotonie administrative par une relation extra-conjugale. L'idée le distrait un instant, tandis qu'il reste aux aguets, il imagine le collègue en veste et cravate, pantalon aux chevilles, qui s'agrippe aux fesses molles de la dame de la compta, ou à celles plus fermes de l'une de ces stagiaires qui jettent un regard morne sur tout ce qu'elles voient, le casting n'est pas très précis. Cravate se lasse de cette image à mesure que le silence s'étire, il soupire et retourne s'asseoir face à son ordinateur.

Relevé de la boîte de réception, rien. Madame Réaumur doit se demander comment récupérer l'état actualisé des prestations. Cravate a du travail, mais il s'emmerde. Il a un goût doucereux dans la bouche, comme celui d'un pépin de pomme, quelque chose qu'il n'avait pas prévu de manger. Le menton dans la main il ouvre une page d'actualités sur internet.

Il passe d'un article à l'autre, rien ne retient son attention. Dans la barre de tâches, son œil glisse sur l'icône du tableur avec un pincement de culpabilité, mais il continue de faire défiler les informations sans intérêt. Les titres se ressemblent, faussement accrocheurs avec les dix choses à savoir sur, ce qu'on sait de l'affaire truc, qui est machine la compagne de machin, telle vedette affiche son baby bump, photos sexy de celle-ci, déclaration touchante de celui-là, les contenus sont des copier-coller, le retour incessant du même avec un visage vaguement différent.

Soudain, l'esprit se réveille, Cravate clique sur l'image d'une vache blanche et noire :

ÉCHAPPÉE D'UN ABATTOIR, LA VACHE HERMINE SE RÉFUGIE EN FORÊT

Robe caille de blanc aux taches noires éparses,

larges lunettes, cornes fines à l'ivoire lisse et rond, la ruminante vient d'une ferme normande où elle a été élevée pour son lait, jusqu'à atteindre l'âge d'être réformée. Un employé témoigne qu'il n'a jamais vu une chose pareille, que les animaux sont toujours dociles et se font abattre sans protester, d'habitude. La direction de l'abattoir est très embarrassée.

Cravate imagine la vache sortir de la bétaillère, à la queue-leu-leu derrière ses congénères, tête basse et dodelinante, le pas lourd d'une marche funèbre. Entend-on les animaux hurler dans ce genre d'endroit ? se demande-t-il. Cravate n'est jamais allé dans un abattoir. Hermine a peut-être senti l'odeur du sang, un goût de fer sur sa langue énorme, ou bien la sueur de la peur de celles qui l'ont précédée. Cravate reconstitue la scène avec Jacques Brel qui répète « Au suivant ! » en hurlant, ça résonne dans le hangar.

D'après l'article, la vache s'est emballée, affolée, donnant des coups de sabots à celle qui la suivait, puis ruant comme au rodéo, elle a envoyé valser un employé dans la sciure. Dans la pagaille générale, une porte de secours s'est retrouvée entrebâillée, juste ce qu'il fallait à Hermine pour s'enfuir. Les autres bêtes meuglaient et s'agitaient tellement que personne ne l'a remarquée.

Plus tard, en comptant les carcasses de celles qui n'avaient pas échappé à leur sort, on s'est rendu compte qu'une tête manquait à l'appel. Aussitôt l'abattoir et ses alentours furent fouillés. Cravate imagine les employés paniqués regarder sous les tables et dans les tiroirs, à la recherche de la vache perdue. La gendarmerie a été appelée en renfort, mais Hermine était introuvable, les recherches ont été suspendues avec la tombée du jour, après quoi des témoins ont assuré l'avoir vue s'enfoncer dans le bois du domaine des Étangs. Ce matin, une grande battue est organisée pour ramener Hermine à l'abattoir.

Cravate lève les yeux de son écran et les dirige vers la fenêtre. Le domaine des Étangs est là-bas au nord, derrière le clocher de la collégiale, les arbres font une masse verte sur l'horizon. Une vache en forêt se dit-il, ça doit être joli. Il croit apercevoir sa robe blanche et noire derrière les jeunes troncs d'une hêtraie, ou à travers un bouquet vert luisant de houx. Une vache libre, sortie du champ, échappée de l'abattoir, en baguenaude sous les feuillages, les naseaux dans l'humus, qui fourrage dans les jeunes pousses de chênes et les fougères. Mais si l'adrénaline ne l'électrise plus, loin de l'abattoir, elle doit se sentir malgré tout abattue.

L'article s'arrête là. Cravate actualise la page, tape « vache Hermine » dans le moteur de recherche, il n'y a rien de plus à savoir. Des articles sur le même thème sont pourtant associés. Il y a le lion échappé du cirque, tué en pleine rue, et le cerf aux abois sauvé d'une chasse à courre en se réfugiant dans un jardin. Ou encore cette femme à qui on a confisqué une renarde qu'elle avait recueillie, et cet article sur les éléphants en Inde qui contestent les territoires urbains gagnés sur la jungle.

Les animaux savent encore s'échapper, se dit Cravate, et moi je reste ici. Ses pensées glissent vers l'apitoiement et la rancœur d'une vie enfermée, mais le café est servi, c'est Sylvie qui le dit de sa petite voix aiguë en passant devant la porte de son bureau.

Cravate se lève pour sortir mais s'arrête à nouveau sur le seuil. Le quatrième étage s'anime un peu, des collègues sortent pour la pause. Il y a ceux qui sont arrivés de bonne heure et qui sortent la tête de l'eau comme on nage le crawl :

une goulée d'air et on repart en apnée jusqu'à midi. On les reconnaît à leur pas pressé, la tasse encore sale de la dernière fois, faute de temps pour aller la rincer. Et il y a ceux qui remontent le couloir deux par deux et les mains dans les poches. Ceux-là ont commencé à 9h00, puis pause cigarette à 9h30 juste après les échanges de nouvelles météo, un demi dossier survolé entre deux éclats de rire, et c'est déjà l'heure de partir.

Cravate n'y arrive plus, il a l'impression qu'il ne quittera jamais son bureau, il a peur du déjà-vu, il ne veut pas les voir. Sa tasse à la main, il retourne à la fenêtre et regarde le domaine des Étangs, là-bas avant l'horizon : des véhicules de gendarmerie et des engins tout-terrain sont alignés sur la route derrière la collégiale. Il voudrait marcher, mettre en branle ce corps mou abandonné aux écrans. Il s'étonne encore du temps qu'il fait, de la qualité de l'image derrière la fenêtre, tellement plus nette que la colline verdoyante de l'écran Windows. Le monde du dehors le captive pour la première fois.

Mentalement, il parcourt le chemin jusqu'à la lisière du bois, ça lui ferait du bien de marcher, il le sent. Sous les frondaisons, tout serait aussi calme qu'ici, au quatrième étage, mais jamais silencieux. Fouler le monde sauvage. Le soleil passe à travers les feuilles et réveille les albédos. À la surface de sa conscience surnage le tableur Calc, il en ferait des confettis si l'époque était encore au papier, au lieu de ça il le fourre dans un tronc d'arbre creux et continue à travers les fourrés.

Il trouve Hermine facilement, elle est dignement allongée au pied d'un châtaignier, occupée à mâchouiller une branche feuillue, le mufle est tout noir et luisant. Cravate s'attendait à voir des pointillés dessinés sur son cuir blanc pour délimiter les bons morceaux. Difficile d'imaginer un steak jailli du vivant.

Les sabots repliés sous son corps massif, les muscles au repos, Hermine est paisible dans l'attente. De derrière ses longs cils, elle le regarde un instant d'éternité, puis secoue la tête de cet air résigné propre à son espèce. Un corps docile sorti du rang, et qui va devoir y retourner pour être transformé, découpé, consommé. Il y a un creux sur son front, entre les yeux, où il voudrait passer la main, au lieu de quoi il s'assoit près d'elle et lui dit que pour lui la vie se résume à ça : sur place ou à emporter, qu'importe on se fera bouffer. Hermine lui donne un coup de museau sur l'épaule en signe de connivence. Les gendarmes et les chasseurs arrivent, c'est l'heure.

La pause café est terminée.

Cravate retourne à son tableur.

Sur le parking du Casino

Quelques voitures passent encore sur la rocade. Aucune ne s'arrête. À cette heure-là le supermarché est fermé depuis longtemps.

Le parking est désert, personne ne remarque la jeune femme assise contre une barrière. Un réverbère déverse sur elle une lumière jaune, fait briller le bitume à ses pieds.

Ses escarpins rouges jurent un peu avec le bas gris pailleté de sa robe. Le haut de son corps est serré dans une parka d'un vert kaki. La capuche est bordée d'une fourrure synthétique en léopard imaginaire, à taches roses.

Immobile à regarder cet espace vide où

s'entassent les véhicules en journée, cheveux bruns, nez droit et lèvres minces, elle ne semble pas avoir froid. Elle pourrait faire partie du décor, comme si elle avait refermé sur elle la parka en même temps que le dernier vigile avait fermé les portes automatiques du supermarché.

La nuit est avancée, bientôt il fera jour. Cette femme est assise contre une barrière du parking du Casino. Premier mouvement depuis des heures, sortir une cigarette d'un paquet au fond de sa poche. Sans ciller, elle la garde entre les lèvres avant de l'allumer. Elle la fume lentement, chaque bouffée est réfléchie. Fumer est un soupir. Elle reprend son souffle à chaque taffe.

Dans la poche opposée au paquet, un téléphone vibre. Il a vibré toute la nuit.

S'il faut faire un mouvement, ce ne sera pas le bon, ce sera toujours le même, un geste quotidien, absurde répétition de l'identique. Il n'est pas plus insensé d'être ici, maintenant. Ici tout passe, rien ne reste. Ici pas de lessive à étendre, pas de cuisine à faire, ni devoirs, ni douches, ni aspirateurs, ni programmes holo-télés s'enchaînant.

Elle les a regardés passer, poussant les caddies remplis, comblant les coffres comme des puits sans fonds. Les drones de livraison vrombissaient au-dessus des têtes. Ses yeux étaient aussi fixes et noirs que maintenant. Elle les a regardés partir, un à un, en passant, puis jusqu'au dernier. Jusqu'à être la dernière. Alors qu'elle était la plus pressée. Ce fut un soulagement, ce vide, une respiration. Pour un temps.

L'aube se lève, la lumière du réverbère est de plus en plus fade et inutile. La jeune femme se redresse et se dirige vers la rocade. Elle marche lentement, un pas après l'autre, les talons claquent à peine, le bas de la robe pailletée ondule en silence, elle n'est pas pressée.

Quelques voitures passent de temps en temps, là-bas sur la rocade, une par une. Le bruit les précède, puis les phares, avant de traverser la ligne sombre devant le parking. Le moteur décroît dans la nuit, parfois relayé au loin par la voiture suivante, comme sur un circuit de train électrique. On n'imagine même plus que ces machines aient des occupants. Les poils roses de la parka frissonnent dans le vent.

Soudain, un véhicule s'engage sur le parking, vieille Opel Corsa grise, aux phares jaunes. La voiture avait freiné une seconde auparavant sur la rocade, l'hésitation de celui qui vient de réaliser qu'il a oublié quelque chose. Elle va vite, tangue dans les chicanes, tressaute sur les dos-d'âne, et stoppe brusquement devant la femme en robe du soir et parka, pour lui couper la route.

Un homme descend, laissant la portière ouverte et le moteur allumé. Il s'avance vers elle. Elle ne s'arrête pas. Indifférente, elle oblique légèrement pour rejoindre la rocade. L'homme l'attrape par le bras avec un sourire aux dents serrées.

Dans un même mouvement, la jeune femme se retourne, dégage son bras, enfonce le bout d'un escarpin dans l'entrejambe du type, et écrase son poing sur sa tempe au moment où il se plie en deux. En un clin d'œil, il est à terre et se tord de douleur.

« Salope ! » réussit-il à dire malgré le souffle coupé.

« Féminin de salaud », dit-elle en le regardant de haut.

Elle monte dans la voiture et démarre en trombe. Sur la rocade, elle accélère encore et ne ralentit qu'à l'approche des ronds points qui se succèdent jusqu'à l'autoroute.

Le jour peine à se lever pour de bon. Quelques rayons timides griffent la Corsa tandis que les kilomètres défilent à grande vitesse.

Le portable vibre encore. Elle décroche.

« Oui… Non… En voiture… Je sais pas, un type… Non je lui ai explosé les couilles à coups de pied… Je sais pas, je m'en fous, ça ne m'intéresse pas… Ça aussi je m'en fous, je vais tout droit et quand je serai à sec je continuerai à pied. Ça m'a pris du temps mais ça y est, j'en peux plus… écoute… non écoute ou je raccroche ! J'en ai marre. Du boulot, de ma gueule, de la gueule de tout le monde, je ne veux plus voir personne, qu'on me foute la paix, rien à foutre de cette soirée, je veux aller quelque part sans savoir où c'est, pour être sûre de ne pas trouver le chemin du retour… Non je ne veux pas me tuer, je veux me perdre, je veux tout perdre, tout me pèse, être en route pour nulle part et ne jamais y arriver. Je te laisse, je ne t'en veux pas, c'est comme ça, parler c'est trop dur. Au revoir. »

Le portable vibre encore, le témoin de charge clignote. Bientôt la batterie expire.

Ça n'a aucun sens, courir après la tâche suivante. La routine : une route qui nous mine. Flux incessant. Engranger et dégager, bouffer et chier, acheter et jeter.

« Ach'ter, j'ter », marmonne-t-elle jusqu'à l'homophonie. Parfois il suffit de répéter un mot assez de fois pour qu'il ne veuille plus rien dire. Ce n'est plus que du bruit, un truc bizarre dans la bouche.

Les panneaux défilent sur l'autoroute. Elle prend une sortie, s'engage sur des axes secondaires, traverse des lotissements au milieu des champs. Chaque fois qu'elle croise un panneau, elle quitte l'axe principal sur lequel elle roule. Bientôt ce ne sont que des chemins. La Corsa brinquebale sur les cailloux, patine dans les ornières, puis s'arrête, à court de carburant.

Un champ de sillons froids s'étend sur une colline bordée de bosquets. Vagues d'étourneaux en pointillés aux abords d'un pommier, un panache roux disparaît derrière un bouquet de fougères. Le vent fait osciller les peupliers, il gondole une bâche sur une meule abandonnée.

Le soleil brille enfin, un merle s'attarde sur le vert vif de l'herbe.

L'esprit n'y est plus

Depuis que Maman est partie, Papa a perdu les pédales.

Il a été très mal les premiers jours, presque immobile, toujours silencieux. Très vite, il a essayé de faire comme si de rien n'était, il ne faisait jamais allusion à elle, à quoi que ce soit pouvant l'évoquer. Tony se foutait déjà pas mal du monde qui l'entourait, ce n'est pas lui qui aurait dit quelque chose, empêtré dans ses quinze ans gluants.

Moi, ça m'a fait quelque chose, mais je n'ai pas osé mettre Papa face à son chagrin, et Tony ne me parle que par monosyllabes et grognements.

Ça fait un an que Maman nous a laissés tous les

trois. C'est la première fois que je parle d'elle, que j'écris « Maman », que je pense pour de bon à elle. On se doutait bien de quelque chose, enfin moi surtout. Je voyais bien qu'elle préparait le terrain, et je voyais bien la vie s'en aller du visage de Papa chaque fois qu'elle lançait au milieu d'une phrase : « j'en peux plus, j'étouffe ». Le soir, dans le silence de la maison, j'entendais cliquer les plaques de médocs, quelques murmures, ceux de Papa, puis le « laisse-moi ! » cassant de Maman.

Au collège, je n'ai rien dit. J'ai gardé ça pour moi, parce qu'il aurait fallu répondre aux pourquoi, justifier des trucs que je n'avais pas envie de défendre, reprendre l'histoire du début et pointer chaque jour à l'horodateur du « comment ça va ? »

« Maman est partie, il n'y a plus que nous trois. » C'est tout ce que Papa a réussi à dire le matin où elle a été emmenée à l'hôpital. Ses mains tremblaient, sa voix frottait comme du sable, et les muscles de son visage semblaient avoir fondu. Maman est morte, suicidée, elle n'est plus là, on pourrait sortir le oui-ja et dire « esprit es-tu là ? » mais l'esprit n'y est plus. Sauf ce soir, pauvre Papa. La famille s'efface. La maison est une coquille vide.

*

Malgré tous ses efforts, Papa n'arrive plus à assurer la vie de la maison. Tony ne lui répond jamais quand il lui demande de l'aide, et il ne veut pas que j'assume « des affaires de grande personne ». Alors un jour il a commandé sur internet un Spirit, qu'on nous a livré sous quarante-huit heures dans un carton aussi haut que Papa.

Spirit est une gynoïde, un androïde domestique en forme de fille. Presque tout le monde en a un chez soi, en forme de tout et n'importe quoi. À une époque, c'étaient les tablettes et les écrans plats géants, la 3D, la 4D, la 5D… Sauf chez nous. Papa et Maman étaient au moins d'accord là-dessus : ni télé, ni smartphone, ni robot tondeuse pour une pelouse sans effort. Les trucs et les machins, ça vide le cerveau et on se retrouve comme des crustacés squattés par des bernard l'hermite.

Maman disait : « des machines, des automates, des robots, maintenant on dit *autonomes*, ils ont gagné leur autonomie ces trucs-là, et nous perdons la nôtre ! » Papa enchaînait tout de suite : « bientôt il nous faudra un machin pour respirer à notre place ! »

C'était bien leurs grands discours, j'aurais voulu qu'on les voie à la télé et qu'on vote pour eux ou que tout le monde autour arrête de se vider le crâne et les muscles avec des trucs et des machins. J'ai vu certaines copines se faire liposucer tout ce qu'elles avaient d'humain et le remplacer par du gras et l'hologramme de Cyril Hanouna.

C'est pour ça que je n'ai pas compris ce qui est passé par la tête de Papa. Il aurait pu se mettre à boire ou à fumer. Se lamenter, s'énerver, faire du sport et s'inscrire sur des sites de rencontres. Pire que ça. Il a acheté une coquille vide.

*

Il a fallu lui trouver un nom à ce machin, c'est Papa qui voulait, au nom de l'animisme familial qui fait qu'on attribue une âme à tout ce qui nous entoure. Chez nous les peluches et les doudous ont chacun leur personnalité, leur histoire, mais il y a aussi Sissi la paire de ciseaux, le concombre Charlie, Super Pince-à-Linge contre Stretch l'élastique diabolique, ou encore le vélo Armaguidon.

Papa voulait qu'on y réfléchisse ensemble, un nom pour la robote.

109

« Non, arrête Alexis, ce n'est pas une robote, c'est…

– Un androïde ?

– Non c'est…

– Un micro-onde ? Une chaîne hi-fi ? Un GPS ?

– Arrête ! Non, c'est plutôt une… un… un soutien du quotidien. »

Tony était scotché à son portable dans un coin du canapé, il ne participait que par gloussements et hochements de tête. À côté de lui était assis le soutien quotidien. Ça avait beau être une machine, on sentait sa présence, et parler d'elle devant elle me mettait mal à l'aise. Elle nous regardait en souriant tout le temps.

Papa faisait à nouveau comme si tout le monde était aussi enthousiaste que lui :

« Bon, j'avoue que je n'ai pas plus original que Robinson Crusoë : on l'a reçue un samedi, alors ça pourrait être Sam, ou Didi ? Quoi ? Alexis, je t'ai vue lever les yeux au ciel, t'as mieux à proposer ?

– Je sais pas moi… la Horla ? Miss Jessel ? Sœur Simone ? La Stilla ?

– Des noms de fantômes, c'est ça ?

– Oui, à ma sauce, je suis assez fière de Sœur Simone.

– Et toi, Tony, une idée ? Oh ! Tony ! »

Il faut toujours insister deux ou trois fois pour ramener Tony parmi nous. Il lève alors la tête et nous adresse un regard vide. Il faut alors faire très vite pour lui délivrer un message et s'assurer de sa compréhension.

« Donne-nous un nom pour la… euh… comment j'ai dit tout à l'heure ?

– Soutien quotidien », dis-je pour aider. Mais Tony n'avait pas suivi cette partie de la conversation, il était en train d'assimiler notre interpellation comme une private joke, une blague entre Papa et moi, on le perdait à nouveau.

« Papa veut qu'on propose un nom pour le robot à tout faire qu'il a acheté », dis-je dans un souffle sous le regard désapprobateur de Papa.

Tony bloqua un instant, comme une page web un peu lourde qu'on veut ouvrir avec une connexion pourrie. Quand il fait ça, on pourrait presque voir le petit rond bleu de chargement tourner sur son front.

« Brigitte », lâcha-t-il enfin.

Papa acheta Spirit, Tony créa Brigitte.

Un nom pour chaque chose, une âme en chaque objet, et la maison pleine à craquer d'entités plus ou moins développées. Nous ne sommes que trois là-dedans, pourtant il y a foule, et je me sens seule. J'ai peur aussi, surtout ce soir. Maman n'est plus là, du moins je l'ai cru, et ça fait écho dans notre grande coquille vide.

*

Il faut être honnête, on a apprécié tout de suite

Brigitte : du petit-déjeuner au dîner, les repas sont variés et nous n'y consacrons que le temps nécessaire à les ingurgiter. Le linge sale disparaît tout seul de la corbeille, se retrouve propre étendu près de la fenêtre puis repassé et plié dans les tiroirs de chacun. Pas une poussière, pas une trace de doigt sur les carreaux, la lunette des WC toujours propre, les portables chargés, les pneus de la voiture et des vélos gonflés. Elle peut même couper les cheveux, recoudre un bouton, faire une vidange, changer un embrayage, poser une cloison sèche, tenir les comptes, donner l'heure, la température, les prévisions météo et le résultat des élections.

Papa profite du temps dégagé pour s'occuper de nous, enfin surtout de moi. Il vient me chercher au collège, m'emmène à mon cours de danse classique, suit de plus près mes devoirs. Il a même le temps d'aller à la salle de sport deux fois par semaine, et de nous traîner chaque week-end, enfin surtout Tony, au musée ou au ciné. C'est du temps libre que Papa n'avait plus l'habitude d'occuper, et il veut nous en faire profiter.

Je devrais peut-être m'inquiéter de l'avoir toujours sur le dos. J'ai cru au début que je regretterai les samedis dans les magasins, le bruit de l'aspirateur qui couvre la musique de Tony, la liberté de ne pas avoir un œil espion derrière mon épaule, mais pas du tout. Papa court moins, Papa crie moins quand Tony ne répond pas. Quand je veux voir mes copines, je lui dis de me laisser un peu, et il me laisse sans effusion, sans que je me sente coupable.

L'autre effet Brigitte, c'est l'ennui. Je vois parfois Papa faire les cent pas dans le salon, regarder les coins de murs et de plafond, s'arrêter à une fenêtre et observer les gens dans la rue, ou les oiseaux sur les fils de téléphone. Puis il passe en revue les livres de la bibliothèque, change le rangement alphabétique pour un rangement thématique, inversement pour les CD et les DVD. Si l'heure de manger est trop loin, ou si une longue soirée de temps libre s'annonce, avec rien pour l'occuper, il sort le carton de vinyles et en écoute un ou deux, assis sur le bord du canapé, absorbé par la pochette. Je sais que ces soirées-là ne sont pas ses meilleures, je sais que le dernier vinyle va tourner toute la nuit quand le diamant aura sillonné la dernière face, et que Papa se sera endormi d'épuisement avec un album photo sur les genoux.

Je sais qu'il n'a pas programmé Brigitte pour ranger tout ça, qu'il émerge au petit matin au milieu des souvenirs et remet tout en ordre machinalement avant qu'on se lève. Il y a un fantôme qui traîne chez nous.

Papa a du temps libre qu'il remplit comme il

peut. Papa fait du sport, se cultive et profite de ses enfants, mais il est une coquille vide.

*

Ce soir, je n'aurais pas dû voir ce que j'ai vu. Papa ne sait pas que je l'ai vu.

Nous avons fini de manger de bonne heure, Tony est allé s'enfermer dans sa chambre avec son portable et sa musique bizarre, tandis que j'allais finir une rédaction demandée par la prof de français. Il fallait réécrire la légende de Saint Aubert et la fondation du Mont-Saint-Michel. Brigitte devait être dans la cuisine ou dans la buanderie, Papa au salon avec Supertramp qui tournait sur la platine, *Hide in your shell.*

Je suis descendue le voir pour lui demander conseil pour ma rédac, mais il était trop distrait par la musique et ce que j'ai cru être Maman. Ça ne pouvait pas être elle, ça ne pouvait être que son fantôme. Je suis partie sans être vue, mais une fraction de seconde m'a permis de reconnaître Brigitte.

Papa avait habillé Brigitte avec les habits de Maman, l'avait coiffée comme elle, et la serrait dans ses bras. Papa a perdu les pédales. Brigitte est en fait une poupée gonflable, une coquille vide dans laquelle il va vouloir fourrer ce qu'il a sur le cœur et dans le pantalon. Je ne suis plus une petite fille, je sais bien que les gynoïdes ne servent pas seulement à faire la vaisselle et qu'on s'en sert aussi pour des trucs pas très jolis.

Mais Papa n'en fera pas étalage au grand jour, il n'aime pas montrer ses faiblesses. Je pense qu'il se fait son film à lui, un film en 5D interdit aux moins de 18 ans. Ce sera son secret, son fantôme à lui qui prendra la place de Maman, car je pense que Papa perd les pédales, c'est-à-dire qu'il perd l'esprit. Esprit de Papa es-tu là ?

Je tremble en écrivant tout ça, je n'arrive pas à

me calmer. J'ai vu Maman, j'ai cru la voir, mais ce n'était qu'une coquille vide.

D'avis de Nicolas

Les élèves finissent de s'installer dans la classe, les chaises raclent le carrelage, les fermetures se zippent et se dézippent, les stylos rendent un son creux en rebondissant sur les tables.

« Bonjour à tous, j'espère que vous êtes reposés de vos vacances et que vous les avez mises à profit pour vos projets du concours nature et jeunesse. »

La plupart des lycéens sont encore le nez dans leur sac, ou sur leurs Led-phones. Quelques-uns hochent la tête. Le professeur jauge l'attention de son auditoire. Petites lunettes rondes, barbe brune et grise, cheveux rasés aux tempes, une raie sage d'élève des années 40 du siècle d'avant. Il resserre machinalement une cravate à carreaux, tire sur les pans de sa veste de tweed, rentre le ventre sous son pull en V, se racle la gorge et continue.

« Bref. J'ai déjà reçu plusieurs dossiers sur la plateforme du lycée, il me manque encore ceux de Jana, Neho, Edwyn, Théo, Marie et Marceau.

– Monsieur, y a des problèmes de connexion, chez moi.

– Ça n'est pas une raison, Neho, tes camarades ont fait leur devoir, tu n'as pas d'excuse.

– Mais chez moi ça passe pas.

– Ça n'est pas mon problème, tes parents n'ont qu'à déménager.

– Monsieur, je l'ai fait sur copie-double, ma sœur avait besoin de l'ordi pour la fac.

– Merci Marie, j'accepte de corriger une version papier, ça ira pour cette fois. Je t'enlève quand même un point, puisque tu ne respectes pas la consigne d'un devoir sur l'environnement et que tu gaspilles du papier. Je rappelle que la consigne

120

est de produire des devoirs dé-ma-té-ria-li-sés.

– Mais Monsieur, les ordis ils fonctionnent à l'électricité, c'est du nucléaire.

– Et alors ? Le nucléaire est une énergie propre, disponible. Ça vaut mieux que le charbon et le pétrole, le nucléaire n'accélère pas l'effet de serre. Sans le nucléaire, on n'aurait pas atteint les objectifs du second accord de Paris, c'était dans votre cours du mois dernier, je vous rappelle. »

Silence dans la classe. Le professeur remonte lentement l'allée centrale, puis fait volte face au mur du fond, claque des talons et se met les mains dans le dos, pointant du menton l'autre bout de la pièce.

« Je vous ai remis au tableau le cadre de votre devoir, que nous allons relire ensemble, j'attends de vous plus de discipline. Si on ne respecte pas l'ordre, où va-t-on ? On commence avec toi, Marceau.

– Un dossier de 8 à 10 pages décrivant un programme d'amélio-ra-tion de l'envi… de l'environne-ment et de li-mi-ta-tion du réchauffement climatique.

– Un peu laborieux. Diane, tu prends la suite.

– Le projet doit porter sur l'un de ces trois thèmes, au choix : habitat, transport, activité commerciale.

– Merci. Titouan, tu termines.

– Chacun de ces thèmes devra être traité sous l'angle économique, social et écologique.

– Voilà ! Ce n'est pas compliqué. Petit rappel ; ce sont des travaux individuels. Plusieurs d'entre vous m'ont demandé par messagerie de travailler en groupe, je vous confirme donc que ce n'est pas une démarche collective. Chacun doit réfléchir à ce sujet et produire un travail personnel. Ce que j'ai pu lire jusqu'ici est intéressant, il y a de bonnes idées, bravo à Mathys qui nous propose un service de transport en commun dédié aux personnes âgées, j'encourage aussi l'idée de Mérovée de développer un circuit court des produits agricoles. Ces travaux doivent encore être approfondis. Les autres peuvent s'en inspirer, mais je veux des idées originales, pas de devoirs identiques, donc les premiers arrivés sont les premiers servis. Emma, tu viendras me voir à la fin du cours. »

Une jeune fille aux cheveux châtains noués en queue de cheval attend que les derniers élèves quittent la classe. Elle tient son sac à dos sur une épaule, son visage fin est calme, ses yeux noisettes regardent la pluie faire des traînées sur la fenêtre.

Le professeur la fait asseoir devant lui, puis il se lève et vient s'adosser à son bureau, devant elle. Il croise les bras et la regarde d'en haut, l'air désolé. Son ton est paternel et bienveillant :

« Emma, tu es la seule à m'avoir rendu un dossier complet et abouti. Tu traites chacun des thèmes et sous chacun des angles demandés, tes idées sont radicales, un peu irréalistes, mais portées avec conviction et de sérieux arguments. Toutefois tu as fait un hors sujet complet avec cette conclusion sur la consommation de viande. Tu ne peux pas écrire des choses pareilles, ça n'est pas correct, et même contraire aux lois de la République.

– L'élevage est la première cause du dérèglement climatique, tous les projets de covoiturage et d'habitat écologique ne changeront rien si on continue de tuer des animaux. C'est ça qui est anti-Républicain.

– Tes propos ne sont pas acceptables dans cet établissement. Je te rappelle que nous sommes sur un territoire agricole, et c'est lui qui fait vivre l'économie locale. Ce week-end, il y a les comices, place Carnot, tu devrais y aller, tu verrais que tu noircis le tableau. »

La jeune fille a cessé de se tordre le cou pour le regarder. Elle a écouté ses dernières paroles en fixant le tableau où le tampon a laissé des traces crayeuses. On dirait des échangeurs d'autoroute.

« Je ne peux pas y aller, je risquerais de faire un malheur.

– Non mais ça va ! Ils ne les tuent pas devant toi quand même !

– Ils ne les tuent pas, mais ils les font souffrir devant moi, c'est ça que je vois.

– Non, pas ces éleveurs-là, tu parles de l'élevage intensif ça n'a rien à voir.

– Tous ! Tous les éleveurs font souffrir leurs animaux, et l'intensif c'est la norme, la grande majorité.

– Non moi je connais des éleveurs qui aiment leurs bêtes. Mon père était paysan, tu sais ?

– On ne peut pas dire qu'on aime les bêtes et les envoyer à l'abattoir, c'est malhonnête. L'espérance de vie moyenne d'un mouton est de 10 à 12 ans, certains peuvent vivre 20 ans. L'agneau a moins d'un an quand on le mène à l'abattoir, imaginez un enfant de 4-5 ans. Sa viande est ce qui rentabilise une exploitation, on élève des moutons pour les tuer, c'est la raison d'être d'une exploitation. Si la viande ne payait pas, il n'y aurait pas d'élevage.

— De toute façon t'auras toujours plus d'arguments que moi. Mais tu ne peux pas généraliser, c'est comme si tu disais, sous prétexte qu'une minorité font des bêtises, que tous les supporters de foot sont des abrutis.

— Mais tous les supporters de foot sont des abrutis, c'est vrai.

— N'importe quoi. De toute manière manger de la viande c'est dans nos gènes, c'est génétique, on a du néandertalien à 0,01 %, c'est comme ça.

— Je ne sais pas d'où vous sortez ça, mais on a évolué depuis, on n'est plus des hommes préhistoriques, ce n'est plus une question de nature, c'est bien culturel et économique. L'important c'est maintenant, l'urgence c'est maintenant.

— De toute façon j'aime la viande, les gens aiment la viande, tu n'y changeras rien. Tu ne peux pas dire *faut arrêter de manger de la viande*.

— Je dis *faut arrêter de faire souffrir des innocents et polluer massivement*.

— Va dire ça à ces agriculteurs qui n'ont pas de quoi se nourrir.

— Ils sont moins nombreux que les millions d'êtres vivants qu'ils maltraitent. Ils sont capables d'aller déverser du foin quand un truc ne leur plaît pas, je ne vais pas pleurer sur leur sort.

— Va dire ça aux familles où il y a eu des suicides.

— Moins nombreux que tous les animaux tués, et ils ont participé à ce système. Ils veulent continuer d'utiliser des pesticides et se plaignent qu'on les traite d'empoisonneurs, il faut assumer ses choix.

– N'importe quoi, t'as déjà visité un élevage ?

– Vous avez déjà visité un abattoir ?

– De toute façon on a chacun nos idées, c'est comme ça, tu ne peux pas imposer un modèle à tout le monde.

– C'est pourtant le cas, c'est bien un seul et même modèle qu'on a aujourd'hui et qui s'impose à tous, la viande à outrance.

– Rien ne t'oblige à en manger, chacun fait ce qu'il veut.

– Les animaux ont le choix, eux ? Et cette liberté de faire n'importe quoi, c'est tout le monde qui en subit les conséquences, il vaudrait mieux que chacun ait une attitude responsable avant de faire ce qu'il veut, non ? Vous ne voulez pas entendre parler de respect du vivant, mais vous défendez quoi ? Chacun fait ce qu'il veut c'est une doctrine libertaire ça, non ? Chacun pour soi, loi du plus fort, qui impose quoi ?

– L'ordre avant tout, ma petite, et modère tes propos, tu t'adresses à ton professeur, j'en sais plus que toi. Je vais faire un geste, je vais accepter ton devoir, en revanche tu changes la conclusion.

– Et si je ne veux pas ?

– Je l'effacerai moi-même et je la réécrirais. Maintenant, sors de cette classe. »

*

Quelques semaines ont passé, les lycéens sont de retour dans la classe.

Le professeur monte sur l'estrade. Il a toujours son costume de laine, sa cravate de tartan, le pull en V. En appui sur son bureau, il remonte ses lunettes d'un doigt et prend la parole.

« La semaine dernière, l'une de vos camarades s'est permise de faire paraître dans la presse un article dans lequel je suis présenté comme un despote, un rétrograde, un homme du vieux monde. Cet article est une longue diatribe, sans finesse, sur ce que cette personne, se prétendant porte-voix des jeunes, attend des représentants de l'autorité. En l'occurrence, moi. »

Le professeur marque une pause et fait courir son regard sur l'assistance. Silence. Il déplie une coupure de journal, joue une moue approbatrice, contemple un moment la feuille comme s'il la relisait, puis la broie dans sa main.

« Force est de constater que je m'inquiète du recul des libertés face au discours vert, à ces litanies de restrictions : interdiction de vendre des véhicules neufs, interdiction de la publicité en ligne, limitation à 1 kilo de vêtements neufs par an et par personne, contingentement du café, du thé et du chocolat, des fruits exotiques, interdiction de tout vol hors d'Europe non justifié, couvre-feu thermique entre 22 heures et 6 heures, interdiction d'avoir un jardin non potager (il faut remplacer nos hortensias par des poireaux !), etc. Un véritable retour au Moyen Âge ! »

Emma se lève calmement et adresse un regard neutre à son professeur.

« Oh, tu peux te lever, jeune demoiselle, reprend-il en pouffant. Ici c'est moi qui parle. Tu dois apprendre à respecter tes aînés.

– Même s'ils n'ont rien de respectables ?

– Sors de cette pièce ! »

Emma prend ses affaires et quitte la classe. Elle ouvre la porte qui mène à la cour, traverse l'espace vide et entre dans le bureau de la vie scolaire. Il n'y a personne, elle verrouille la porte derrière elle, s'assoit devant le micro et commence à parler :

« Qu'est-ce qui fait si peur à Monsieur Nicolas ? Que les gens arrêtent d'acheter. Il dénonce une dictature verte : cite-t-il un seul chef d'État vert ? Si l'on fait l'inventaire des dictatures actuelles, l'écologie n'est pas leur fort. La rigueur intellectuelle de M. Nicolas n'est pas grandiose non plus. Confondre liberté et libre-échange, ce n'est pas une négligence, c'est un mensonge par omission. Dénoncer un retour au Moyen Âge, c'est également se caler confortablement dans un fauteuil bancal : s'inquiéter pour la nature, est-ce faire vœux de retour à la féodalité ? À l'ost ? À la confiscation du savoir par une caste ? L'équation verts = chrétiens de l'an mille est assez drôle, car, si on les considère comme des idéologies, le christianisme de cette époque était bien plus répandu que l'écologie. Il est bien plus risqué d'être partisan de la décroissance aujourd'hui que chrétien en l'an mille. »

On tambourine à la porte, le professeur hurle. Pressée, Emma parle un peu plus fort, un peu plus vite.

« Ce que mon illustre aîné peine à comprendre, lui qui avoue faire partie d'un *peuple de vieilles carnes attendant la fin du monde*, c'est que la nébuleuse d'initiatives et de projets en faveur de l'environnement, s'ils menacent l'économie de marché, c'est bien parce que le Moyen Âge, c'est cette économie marchande, ce vieux monde des intérêts privés primant toujours sur le bien commun. Monsieur Nicolas en est un magnifique exemple : son monde à lui est magnifique, y toucher est une atteinte grave. Dans son monde, dans le monde de Monsieur Nicolas, une jeune fille qui ose regarder en face les fossoyeurs de son monde à elle est *irritante*. Me dira-t-il que je ferais mieux d'enfanter pour ne pas nous laisser distancer par la démographie africaine, au lieu d'appeler à un mode de vie vertueux et qui n'hypothèque pas notre avenir ? Osera-t-il encore me dire que la vie n'a jamais été aussi magnifique parce qu'un marché potentiel de 1 milliard d'humains s'est dégagé en sortant de la misère depuis 1995 ? Osera-t-il encore dire que *la France est très vertueuse en matière de gaz à effet de serre grâce au nucléaire* sans dire que le traitement des déchets n'est toujours pas résolu et qu'il pèsera sur les générations futures, que c'est une industrie maintenue sous perfusion publique en France pour raisons non environnementales mais commerciales et d'armement. Dira-t-il encore… »

Porte enfoncée, micro coupé, forcenée maîtrisée.

Retour au calme.

Le vert foncé des innocents

William Blake, *The Ecchoing Green*

C'était un jour où il ne faisait pas encore jour et Louise était réveillée. Ce n'était pas à cause de sa sœur qui avait l'habitude de débarquer en trombe à 5h00 pour utiliser ses toilettes. Ce matin-là, pas un bruit dans la maison, tout le monde dormait. C'était peut-être le gazouillis d'un oiseau au-dehors, ils aiment se poser sur la ligne de téléphone en face de sa fenêtre.

Louise écouta un moment ces petits cris, regarda le plafond. La couette était tassée à ses pieds. Elle ne pensait à rien. Elle serait bien allée voir de quel oiseau il s'agissait. Son père l'aurait secouée pour aller voir. Il l'aurait même obligée à l'identifier, et si ça n'était pas venu tout de suite, il lui aurait fait chercher dans une encyclopédie.

Heureusement, son père dormait. Obligée de rien, elle était heureuse. Ne rien faire est un de ses hobbies.

Louise alluma l'applique au-dessus d'elle et attrapa le livre sur son chevet : *La malédiction de la Gidouille*. Plonger dans le monde des jeteurs-de-sort, suivre ces enfants qui grandissent au même rythme qu'elle, les défauts des uns, les malheurs des autres. Est-ce que Alfred va finir par embrasser Cara ?

Tout allait bien, jusqu'au petit déjeuner. Son petit frère se mit à brailler. Il dit qu'il chante, Louise dit que ce sont d'horribles cris d'animal qu'on égorge. Sa sœur était de mauvais poil, son père commença à crier et sa mère retourna se coucher.

Ambiance franchement mauvaise. Heureusement, Louise a la capacité de se couper du monde et de vivre sa vie au milieu des bombes.

Le plus dur fut de partir pour l'école. Son père continuait de crier dans la voiture. Tout le monde avait une tête bien morose. Mais Louise oublia tout en retrouvant sa meilleure copine à la garderie. Elles papotèrent en se laissant pendre par les pieds sur la structure de jeux, dans la cour.

Sa journée se gâta en classe. Elle eut beau s'appliquer sur sa dictée, de plus en plus de mots lui échappaient. Elle finit par écrire à l'oreille, en se disant tant pis pour l'orthographe et la conjugaison. Ses parents n'apprécieraient pas.

À midi, la vie prit un sale goût. Jambon-purée. Louise se récria, des sanglots dans la voix, pour dire qu'il y avait erreur, qu'elle ne mangeait pas de viande et que d'habitude... Mais la personne en charge de la cantine ce jour-là lui dit qu'elle était une chochotte et que la viande c'est bon pour la santé.

Louise lui répondit que ce n'était pas bon pour la santé de l'animal mort dans son assiette. Elle fut punie et envoyée chez le directeur. Le ventre vide.

Louise commença alors à pleurer. Les pleurs de Louise sont comme les eaux d'un barrage de montagne qui cède après une fonte des glaces trop précoce. C'est l'image vivante, bruyante, humide, d'une catastrophe. Le directeur ne réussit jamais à finir une phrase sans la hurler pour être entendu. Il renonça, de guerre lasse, à expliquer à l'élève qu'il ne faut pas répondre aux adultes, qu'importe s'ils ont tort ou raison.

Le soir, ça alla mieux pour un temps. Sa mère était occupée à faire les devoirs avec sa sœur. Louise replongea dans son livre, avachie sur son lit. Mais quand son père rentra du travail et la trouva ainsi, ce fut l'inventaire sonore et de plus en plus fort de ses manquements : les habits par terre, le lit défait, la flûte coincée sous un meuble, le bureau en désordre et les devoirs à faire.

Louise adopta son attitude la plus radicale : croiser les bras, serrer les dents, ne pas bouger d'un centimètre. Son père continuait de crier, comme si elle était sourde. Elle hurla à son tour :

« Je suis pas sourde ! Non je ferai pas mes devoirs ! Laisse-moi tranquille ! »

Le résultat fut contraire à ses attentes. Son père lui arracha le livre des mains, ouvrit la fenêtre et le jeta dans la rue. Louise bondit de son lit et le traita de méchant. Il fit voler ses affaires sur le bureau :

dessins, feutres, un début de maquette en carton de réplique de pagode japonaise découpée dans *Satrapie*.

C'était l'heure des devoirs. Le pire moment de la journée, même quand elle n'avait pas de devoirs. Son père lui en inventait d'autres, ça durait des heures. Après, il ne lui restait plus assez de temps pour ne rien faire.

Ça dura deux heures, entre les cris de son père sur Louise, ceux de sa mère sur son père parce qu'il criait, ceux de Louise sur son frère qui entrait prendre des livres dans sa chambre, ceux de son frère sur leur sœur, ceux du chien sur les chats qui s'incrustaient dans le jardin.

Épuisée, Louise se coucha ce soir-là après avoir à peine touché à son assiette. Trop écœurée par la vie.

Son père alla récupérer le livre dans la rue. Un camion avait roulé dessus. Il était mouillé, déchiré, sale, écrasé.

Au soir de ce jour, parcourue de sanglots convulsifs, Louise s'endormit.

*

Sa vie était cet éternel recommencement de journées atroces, avec quelques parenthèses de paix volées à la vie de famille.

Chaque soir, elle s'endormait en pensant à Kevin McCallister, le garçon qui avait souhaité si fort la disparition de ses parents qu'il avait été exaucé. Elle s'en voulait d'y penser et chassait cette idée de sa tête. Elle pensait à sa copine de danse, Alexis, qui n'avait plu sa maman. Mais quand même, elle s'imaginait seule, libre, sans entraves.

Un soir, son père lui parla de Britta, la jeune fille danoise qui faisait grève tous les vendredis devant son école. Pour dire aux adultes qu'ils font n'importe quoi avec la nature et avec le monde qu'ils laisseront à leurs enfants.

Sa sœur crut bon, à cet instant, de reprendre un morceau de rap :

C'est nous l'futur,

C'est nous les ringards de demain !

Plus tu tapes fort

Plus t'as d'chance de te péter la main !

Quelques jours plus tard, Louise découvrit un article de *Satrapie* qui racontait la vie de Britta. Solitaire comme elle, triste de voir les animaux souffrir comme elle, fâchée avec les adultes comme elle, obstinée comme elle, têtue comme elle. Ce même air vexé et grognon dont elle n'arrivait plus à se débarrasser.

Autre chose : Britta n'allait presque plus à l'école. Elle était libre, courageuse. Louise l'enviait.

Un matin, ce fut le matin de trop. Elle se réveilla dans les cris de la maison, l'agitation. À l'école, un monsieur vint expliquer qu'il élevait des vaches pour les manger. Le monde continuait sa course et personne n'y changeait rien.

Alors, quand le professeur fit tourner des tartines de viande, Louise se leva, ramassa ses affaires, et déclara :

« Je fais grève. »

Elle alla se placer devant l'école, croisa les bras, serra les dents, et ne bougea plus.

Le directeur essaya gentiment, puis en criant, puis menaçant, de la faire rentrer dans l'établissement. Elle ne bougea pas. Elle dit :

« Je fais grève.

— Mais pourquoi ? Demanda le directeur.

— Parce que vous êtes trop nul.

— Qui ? Demanda le directeur.

— Tous », répondit Louise.

Ses parents vinrent la chercher. Elle hurla et se débattit si bien qu'elle obtint de rester devant l'école jusqu'à la fin des cours.

Ses copains et ses copines sortirent à la sonnerie. Un à un, une à une, ils vinrent la voir, et lui demandèrent ce qu'elle faisait là. Elle leur dit :

« J'en ai marre des adultes, ils nous donnent des ordres, ils nous punissent, ils nous pourrissent la vie, ils pourrissent le monde, je peux me débrouiller sans eux. »

*

Ce jour-là, une petite fille se leva et s'en alla. Personne ne se doutait des conséquences de l'acte dérisoire de Louise. La presse locale en fit un petit fait divers insolite, comme auparavant celui d'une lycéenne contre son professeur d'instruction civique, mais celui de Louise devint un feuilleton. Une saga.

Ça commença à l'école. Chaque jour, des enfants se joignaient à elle, puis d'autres les imitaient dans les villes alentours. Granville, Coutances, Saint-Lô, Cherbourg, Villedieu-les-Poëles, ils étaient de plus en plus nombreux, écoliers et écolières, collégiens et collégiennes.

Des syndicats lycéens approchèrent Louise pour envisager une convergence politique, cependant le positionnement était trop radical. Il n'y avait pas de revendication. Ces enfants ne voulaient pas des habits neufs, ni plus de jouets à Noël, ni participer comme des grands aux décisions collectives. Ils ne demandaient rien. Ils faisaient sécession.

Très vite, la sphère privée fut touchée. Des centaines, des milliers d'enfants quittèrent leurs parents. La plupart d'entre eux furent rattrapés dès le coin de la rue et ramenés manu militari dans les pénates. Le père de Louise la ramena le premier soir, la menaça de privations et de sévères punitions. Louise croisa les bras, durcit ses prunelles et lui dit :

« Et après ?

– Après quoi ?

« – Prends tout, m'en fiche, j'veux rien. Ce n'est pas comme ça que je veux vivre ma vie.

– Tu veux partir ?

– Oui.

– Comment tu vas faire ?

– J'me débrouillerai. »

Cette nuit-là, Louise s'enfuit et se réfugia avec d'autres enfants dans un lycée abandonné aux airs d'école de sorciers, avec vue sur le Mont-Saint-Michel. Au bout d'une semaine, à court de vivres, ils retournèrent chez eux.

Mais Louise est comme l'Homme Révolté. Elle dit non, pourtant elle ne renonce pas. Elle fit passer quelques consignes, y compris à ceux qui ne purent pas déserter. Ils n'utilisèrent pas internet, ils utilisèrent le bouche-à-oreilles. En quelques jours, tout le pays fut atteint.

Les enfants allaient en classe, mais les établissements demeuraient silencieux. Les professeurs faisaient cours, mais personne ne répondait. Les pages des cahiers restaient vierges, l'encre séchait dans les stylos. Dans les cours de récréation, aucun jeu, aucun cri. Les enfants n'étaient plus des enfants.

Dans les familles, plus de bisous, plus de câlins, plus de poème pour la fête des mères, plus de cendrier en argile pour la fête des pères. Le petit frère ne chantait plus, la petite sœur ne dessinait plus. Ni entraînement de foot, ni cours de flûte, ni danse classique, ni dessin animé. Plus rien.

Chaque week-end, des milliers d'enfants se présentaient à l'accueil des magasins pour rendre des cadeaux d'anniversaires, des habits neufs. Les friperies et les brocantes découvraient des tas de jouets déposés devant leurs portes. Les bacs de collecte de déchets électro-ménagers débordaient de tablettes, de Led-phones, de consoles de jeux holo.

Un mois plus tard, le ministre de l'économie fit une déclaration :

« Le mouvement séparatiste des mineurs a plongé le pays dans une période de récession sans précédent. Force est de constater que notre économie repose à 25 % sur la jeunesse. Je demande solennellement, à chaque parent, d'assumer leur rôle en inculquant à leurs enfants le devoir citoyen de participer à l'économie de notre pays. C'est pourquoi, dès aujourd'hui, en accord avec le ministre des Affaires Sociales, sur demande exprès du Président, et sans condition de ressources, l'État débloque un fonds spécial d'urgence pour doter chaque famille de bons d'achats de 100 euros par enfants. »

La situation perdura un mois de plus. Vinrent les grandes vacances. Pas de pâtés de sable sur les plages, pas de licornes gonflables dans les vagues. Dans les jardins des lotissements s'étalant au milieu des champs : ni piscine gonflable, ni trampoline. Plus aucun jeu en vue sur le vert qui s'assombrit.

Des organismes de colonies de vacances firent faillite. Les forains ne se remirent pas des baisses de fréquentations. Les parcs d'attractions n'accueillirent que des trentenaires insouciants, des quadragénaires stressés, des quinquagénaires blasés. À la mi-août, le ministre porta les bons d'achat à 200 euros par enfants. De la première vague d'aides, seulement un-dixième avait été dépensé.

Le jour de la rentrée, le ministre de l'économie se présenta à nouveau devant la presse. Il se dandinait derrière son pupitre, s'accrochait à ses lunettes, puis battait des bras sur ses flancs. Il dit avec une certaine détresse dans la voix :

« Enfin tout de même ! Ce serait bien le comble qu'ils refusent d'avoir des cadeaux et des habits de marque ! Tout notre modèle est fondé sur ces valeurs républicaines de partage, de travail, de croissance par les biens de consommation. Pour répondre à la crise que nous traversons, l'État offre à chaque famille des bons d'achat d'une valeur de 1 000 euros par enfant. Le Gouvernement et moi-même comptons sur vous. Pour la France. »

Ce furent les jours de la révolte des enfants.

*

Ce jour de printemps, un matin ensoleillé, Louise accoudée à sa fenêtre écoutait un merle chanter. Elle souriait, parce qu'elle le reconnaissait comme un habitant de son monde, et non comme une leçon recrachée à la demande.

De l'autre côté de la rue, le lycée austère résonnait de cris joyeux. À un angle de mur, des filles et des garçons faisaient une ronde et chantaient la chanson de la petite hirondelle.

150

Une voiture s'engagea dans l'allée qui remontait vers l'entrée principale. À l'arrière, un homme sortit une caméra pour saisir sur le vif les jeux des enfants. Ces derniers s'immobilisèrent et demeurèrent silencieux.

De son poste d'observation, Louise vit le journaliste descendre du véhicule et se diriger vers eux. Elle ne l'entendait pas, mais riait en le regardant gesticuler. Il s'accroupissait pour se mettre à leur hauteur, comme pour apprivoiser un renard, mais la position était difficile à tenir, alors il tendait les genoux et se retrouvait penché en avant, les fesses en arrière. Pour finir, il se redressa, les mains sur les hanches, se bâta les cuisses en signe d'impuissance, puis repartit vers sa voiture.

La sœur de Louise avait suivi la scène.

« Pourquoi on n'a pas le droit de jouer devant eux ? Demanda-t-elle.

– Tu as le droit de faire ce que tu veux, lui répondit Louise en se retournant. Le plus important, c'est qu'on n'est pas obligés de leur faire plaisir.

– J'aimais bien rire, moi, avec Maman.

– Oui, moi aussi, elle est drôle Maman, et parfois je voudrais lui faire des câlins, j'espère qu'on pourra le faire à nouveau. Mais regarde Papa, comment il nous crie dessus tout le temps, et les maîtresses à l'école, et le Maire !

– Ah ouais ! s'esclaffa la petite sœur. L'aut' jour à la télé, il était tout rouge !

– Il faut respecter l'autorité ! Gronda Louise en aggravant sa voix. L'ordre avant tout ! »

Elles rirent encore un moment, chacune imitant les adultes qu'elles avaient vu s'énerver. Louise reprit son sérieux :

« Le plus dur, c'est de grandir et de ne pas devenir comme eux. »

Sa petite sœur acquiesça :

« Alors on fait quoi ?

– Il faut tenir bon. »

Ce fut le jour où deux sœurs se promirent de grandir autrement.

*

Ce furent ces jours-là, dans les pays voisins, que le phénomène s'étendit. En Allemagne, en Italie, en Espagne, au Royaume-Uni, puis l'Europe et les États-Unis. Dans les appartements, les pavillons, les cours d'immeubles, les jardins publics, les transports en commun, les supermarchés, sur les terrains de basket, dans les skateparks, les centres aérés, sur les plages et les pistes de montagne, dans les chemins creux et sur les balançoires, sous les arbres à la campagne, les enfants se désolidarisaient en ne jouant plus le jeu des adultes. Plus aucun jeu en vue, la verdure perdait son éclat.

Dès l'âge de trois ans, quelque chose en eux les rendait graves, réservés, taiseux. Leurs aînés se contentaient d'être auprès d'eux et de leur montrer l'exemple : résister au monde, refuser systématiquement le cadre imposé par les grandes personnes. Aux alentours de treize ou quatorze ans, certains se laissaient faire, entraient dans la sphère d'influence avec un nouveau sweater à capuche, une paire d'Air Jordan, un Led-phone, un scooter électrique. Ceux-là quittaient la sécession et réintégraient en quelques semaines l'économie de marché. Ils redevenaient des cibles marketing.

Aucun expert ne sut produire une analyse exacte de ce qui se passait. On convoqua des psychiatres, des pédiatres, des stratèges, des spécialistes, des intellectuels. Les grandes entreprises essayèrent pendant un temps de reprendre la main, puis passèrent à de nouvelles stratégies ne mettant pas en péril leurs positions. Moins de nouveautés furent offertes à la tranche trois-douze ans. Les concerts de lolitas furent annulés. L'industrie du disque archiva la moitié de ses catalogues, les éditeurs abandonnèrent les collections de livres jeunesse. Le rayon enfant des grandes enseignes se réduisit à quelques étagères après les produits d'entretien. McDo remplaça les Happy Meal par des Party BoX, à destination des plus de 18 ans, la surprise était un sextoy. Les œufs Kinder ne renfermèrent que des cartes SIM pour des forfaits découvertes de vidéos de plateformes en ligne.

On mit l'accent sur les seniors, des campagnes de type « nouvelle jeunesse ». Par effet rebond, moins d'actifs entraient sur le marché du travail, il fallut reculer encore l'âge de la retraite. Finalement, elle fut abrogée. Malgré tout, cela prit des mois pour stabiliser la chute des chiffres d'affaires et redresser la situation boursière mondiale.

Cette vague séparatiste finit par atteindre des pays moins engagés dans l'économie de marché. Il s'agissait d'États de seconde zone, périphériques, mais dépendants de la globalisation. Dans ces pays, les grèves d'enfants eurent des conséquences plus désastreuses encore : moins de main d'œuvre dans les usines, les classes moyennes émergentes fragilisées. Des caravanes de mineurs migrants affluèrent vers les frontières européennes et américaines. Certains chefs d'État mirent en place une forme d'esclavage ou, a minima, de coercition. La communauté internationale voulut intervenir, il y eut des escalades de violences à certaines frontières. On déplora des centaines de morts parmi les jeunes récalcitrants, mais leurs bourreaux comprirent vite qu'ils se mettaient eux-mêmes en péril. Cela représentait quand même 150 millions de travailleurs, et les gens n'osaient plus faire d'enfants.

Au Proche-Orient, le 14 mai, jour d'indépendance d'Israël, des enfants palestiniens et israéliens convergèrent dans la bande de Gaza. Ils étaient des centaines de milliers, remplissant l'espace de Rafah à Erez. Les forces armées ennemies furent contraintes de cesser le feu. La même chose arriva en Ukraine, au Tibet, au Mali, partout où des combats frontaliers faisaient rage. Des enfants pénétrèrent dans des ambassades en déclarant fuir leurs parents engagés dans le Terrorisme. La situation échappait à tout le monde. Des conflits s'éteignirent en quelques heures.

L'économie de guerre fut gravement frappée à son tour, les pays fabricants d'armes essuyèrent des pertes financières sans précédent.

*

Et vint ce jour où une délégation d'émissaires

des Nations Unies vint demander audience à Louise. Monsieur le Maire avait insisté pour être présent.

Elle les reçut dans sa chambre, avachie sur son lit, un exemplaire défraîchi du *Jour de la Gidouille* dans les mains. Le bureau disparaissait sous des découpes de maquettes *Satrapie* inachevées, les doudous jonchaient le sol, des habits troués étaient roulés en boule dans un coin.

« Mademoiselle, nous sommes les représentants des plus grandes puissances mondiales, et nous vous demandons de faire cesser la sécession des mineurs. »

Louise leva le nez de son livre, ajusta ses lunettes et leur demanda :

« Pourquoi ?

— Mais parce que le monde va mal !

— Ah bon ?

— Bien sûr ! L'économie s'écroule, le chômage

augmente, la misère se répand. »

Louise se leva et alla à sa fenêtre. Elle l'ouvrit et invita les vieux messieurs à regarder.

« Vous voyez en face ? C'est un vieux lycée privé. Mon papa m'a dit qu'avant il était réservé aux enfants de ceux qui ont de l'argent, qui roulent dans des grosses voitures polluantes, qui s'habillent avec des vêtements fabriqués par d'autres enfants. »

Ils entendirent des cris et des rires. Des petites filles couraient, sautaient, dansaient. Des garçons se parlaient d'une fenêtre à l'autre.

Le porte-parole du petit groupe hocha la tête.

« Oui, j'en ai vu d'autres comme ça. Toutes les écoles privées ont été prises d'assaut par tes petits copains, et tous ces enfants immigrés.

— Ils viennent de pays en guerre ou bien on veut les forcer à travailler.

— Ces occupations illégales, c'est très grave, très

préoccupant. Crois-tu que tu leur rends service ?

– Oui, je crois. Il n'y a plus de guerre, et ils n'ont plus à travailler pour vous. »

Devant l'indécision du porte-parole, Monsieur le Maire fit un pas en avant, mains dans le dos, l'œil sévère derrière ses petites lunettes rondes.

« Tu es trop jeune pour comprendre les implications de ce que tu as initié. Tu dois reconnaître l'autorité des grandes personnes, vous les jeunes, vous devez apprendre à respecter l'ordre.

– Pour être respecté, il faut d'abord être respectable », rétorqua Louise en lui adressant son plus sombre regard.

Monsieur le Maire levait déjà un doigt sentencieux et avançait la mâchoire, mais il fut devancé :

« Si tu as des demandes particulières, nous y pourvoirons, glissa le porte-parole des Nations

Unies, conciliant.

– Je ne vous demande rien… balaya Louise d'un revers de main. Ou plutôt si… Vous avez des chiffres exacts sur la situation mondiale ? »

Les messieurs furent pris de court, la question avait été formulée par une enfant avec des mots à eux. Il y eut un moment de flottement, pendant lequel un assistant tapotait son téléphone pour récupérer des données.

« Que veux-tu savoir ?

– Combien y a-t-il d'enfants dans le monde ?

– Deux milliards, environ.

– Combien sont pauvres ?

– Environ 600 millions.

– Est-ce que vos guerres et vos supermarchés les sauveront ?

– C'est une question orientée.

– Répondez.

– Non, bien sûr que non, ce sont des décisions

politiques qui peuvent faire changer les choses.

– Et qui prend ces décisions ? Vous ?

– Eh bien, nous sommes qualifiés pour cela.

– Alors pourquoi ne pas avoir pris les bonnes décisions plus tôt ?

– Ça n'est pas aussi simple, ma petite fille, le monde est complexe.

– Pas mon problème. Le vôtre. Revenez quand il n'y aura plus un seul enfant malheureux. »

Ils ne revinrent jamais.

Pantalonnade

À chaque époque il faut tenter de refaire la
conquête de la tradition, contre le
conformisme qui est en train de la neutraliser.

Walter Benjamin, *Sur le concept d'Histoire*

Il y a du bleu dans la verdure et du rose dans l'azur.

De l'endroit où nous nous trouvons, le monde est parcellé de bocages, interrompu de lotissements, épinglé de clochers sous ardoises. La rivière serpente au fond de la vallée, l'ombre bleue de l'ubac fige le panorama, soude les lignes de haies et de routes, sillons de chemins creux. Le bétail est immobile.

Ma tête me fait encore mal, une brûlure dans la nuque.

Invisible, le trafic autoroutier fait entendre sa frénésie, son grondement incessant et fiévreux, le son des acharnés en harnais de fausse sécurité. C'est un flux de nord-sud, une artère grise qui passe trop bas pour être vue, mais qui s'étire plus loin en un ruban d'asphalte par-dessus les collines. Elle enjambe les combes de ses ouvrages d'art et coupe les forêts de ses talus.

Un peu raide, je pivote le buste pour faire face à Michael. Les poings serrés, il contemple comme moi l'horizon nord.

« C'est fini », répond-il à ma question muette.

*

Il faut monter un peu pour rejoindre le centre-ville. Nous croisons deux petites dames qui discutent, épaule contre épaule. Elles s'arrêtent, la bouche arquée et le regard méfiant. C'est un regard à sens unique, un *je t'ai vu* qui fonde la sociabilité de chez nous.

Hier, à la télé, je t'ai vu.

L'aut' jour dans le journal, je t'ai vu.

Sur le rond-point, au supermarché, devant la piscine, derrière l'église, sur internet, je t'ai vu.

C'est un regard qui n'en dit pas plus, un regard sans parole. Il n'exprime pas une émotion, une empathie, ou une réflexion, c'est une passivité individualisée, un faible écho des sujets pensants. Ici, les sujets voient et ça s'arrête là, une presqu'ontologie de pour-soi.

Je vois donc je vois.

Ces yeux sont des cellules d'enregistrement, l'intériorisation d'une perte de présence. Le flux continu a remplacé le flot de conscience, le monde est un écran. On regarde les autres pour ne pas avoir à voir en soi. *Je* regarde, cependant la première personne n'est plus un pronom réfléchi, ce n'est plus une personne première.

La conséquence, paradoxale, est qu'on se

demande si elles nous voient.

« Bonjour mesdames », lance Michael.

Elles le regardent, elles l'ont vu, mais elles ne répondent pas.

« Bonjour », dit-il avec une amabilité forcée.

L'une d'elles sursaute, comme réveillée d'une sieste. Elle fronce les sourcils, à la recherche de l'agresseur. Qui a bien pu venir la chercher dans son quant-à-soi ? Le type qui s'adresse à elle a une tête de steak, et moi, à sa gauche, ne peut offrir qu'un œil et demi, un pansement déborde de l'arcade sourcilière. À contrecœur, elle lui fait un signe de tête.

« C'est qui ? », l'entends-je dire dans mon dos à sa commère.

Je ne m'en étais jamais rendu compte, je suis un gars du pays. C'est Michael qui me l'a fait remarquer il y a quelques années, quand nous nous sommes rencontrés. Il appelle ça « le silence des violents modérés ». On regarde et on se tait.

La même scène se joue avec n'importe lequel d'entre nous. Vieux ou jeunes, pauvres ou riches. Hommes, femmes, enfants. Il dit bonjour, on le regarde, pas de réponse. Il pourrait renoncer, être à son tour ce regard vide, il ne peut pas s'y résoudre.

Nous formons pourtant une société, nous nous attroupons sur les trottoirs et dans les salles municipales, au marché et devant les boutiques. Nous sommes capables de sourire, de rire, d'exprimer de la colère ou de la tristesse. Mais cela se passe entre soi, dans une reproductibilité quasi consanguine.

« Ce qui m'a frappé en arrivant ici, c'est que vous vous ressemblez tous, j'avais l'impression d'être chez les chtis. »

L'entre-soi des pour-soi. On regarde et on se tait.

Là-bas, devant l'Office de Tourisme, des jeunes se sont regroupés. Cheveux lisses et longs, les filles sont replètes, elles tirent sur leurs jeans taille haute jusqu'au nombril. Elles ont souvent une expression perplexe qui appuie le *t'es sérieux*, sourcil levé, « paint a funny face like a chick », disaient De La Soul dans ma jeunesse. Je les trouve mignonnes, Michael leur trouve les fesses plates et le regard bovin. Il n'en a que pour Alma. Les garçons sont grands et maigres, chevilles à nu, l'air perdu et de s'en foutre de l'être. Comme leurs aînés, un Led-phone à la main, l'œil dessus.

Je t'ai vu.

L'une des filles se détache du groupe et s'éloigne, sac à l'épaule, le bras en balancier. En arrivant à ma hauteur, elle m'adresse un sourire que je n'arrive pas à lui rendre. Je ne sais pas si c'est l'arête du nez, le front trop bas, les joues trop rondes, la bouche trop petite, ou le menton qui se dessine dans l'ovale du visage. Peut-être que ce sont les yeux, encore. Après toutes ces conversations avec Michael, j'y vois les générations superposées, la copie d'une copie qui finit par s'effacer, les contours trop fins, la profondeur en moins. De la vieille dame à la jeune fille, les mêmes visages, les mêmes vies qui ne font pas une lignée mais un fil de plus en plus ténu de vies sans but, l'éternel retour de *faire sa vie* : les études, le boulot, le mariage, la bagnole, les mômes, les vacances, dans l'ordre qu'on voudra. Il n'y a personne à blâmer, chacun naît dans le monde de l'aîné, il n'y a pas d'au-delà.

Michael n'est pas d'accord avec ça.

« Il faut s'arracher de la matière, m'a-t-il dit le premier soir. Comme le *Balzac* de Rodin ».

Je n'ai jamais compris ce que ça voulait dire. Je regrette quand même de ne pas avoir répondu au sourire de la jeune fille, elle me rappelle Fanny, Marie, Mathilde, Julie et tant de souvenirs encore, le souvenir de leurs corps. J'aurais peut-être eu une chance avec celle-ci. Elle a une tête à s'appeler Justine.

Mon zieutage n'a pas échappé à Michael. Il soupire :

« Je suis sûr que sa mère l'a appelée Emma, un vrai pays de Bovary ici. Elles ne donnent à leurs filles que deux options : se faire chier à mourir ou bouffer du cyanure. »

*

Un vieux monsieur en caban apparaît de l'autre côté de la rue. Courbé sur une canne, il fait de petits pas résolus jusqu'au bord du trottoir, et tâte du caoutchouc au bout de son appui une touffe de pissenlit. La plante a réussi à s'enraciner entre les pavés du caniveau, sur un terreau de déchets organiques aussi volumineux qu'une cuillère à soupe. Cela aurait pu être un papier d'emballage, mais la ville est propre. En équilibre, le vieux monsieur gratte une fine couche lithophyte, puis entreprend de se pencher. Arrivé aux limites de sa vie, il s'engage comme dans les ordres dans un geste civique de nettoyage de l'espace public. Un geste inutile. Arracher une herbe.

Une femme l'attrape par le coude avant qu'il n'aille plus loin, elle le raccompagne à un grand portail en fer forgé et l'aide à monter trois degrés de marches blanches.

*

Nous arrivons à la Mairie, au fronton un écran géant fait défiler des images du débarquement. Quelques perspectives s'ouvrent par les rues nettes. Le granit est omniprésent sur les soubassements de béton. Les pierres sont droites et claires, jointoyées de gris. Une roche bleue moins grenue souligne les angles. Les modénatures sable encadrent portes et fenêtres, les murs s'alignent avec discipline. Il y a des marines au couteau dans les vitrines, la silhouette du mont Tombe décliné sur tous les tons, des pulls rayés, on est presque breton. Plus haut, l'ardoise chapeaute de noir les toits, tranche sur les briques des cheminées.

C'est une cité reconstruite, martyre parmi d'autres de la Seconde Guerre Mondiale, édifiée sur une dette éternelle aux libérateurs, visitée pour ses lieux mémoriels. Au bout de cette grande rue sage, un tank est garé pour toujours sur une place, enclave américaine, accessoirisé d'obélisque et d'étendards. C'est devenu l'identité de la ville, la part belle faite à l'ordre, à l'autorité, à la force légitime. Celle-là, Michael ne se la paiera pas.

Une clochette nous interpelle et nous nous figeons sur le trottoir, c'est le tramway monorail qui remonte des faubourgs. Dès qu'il voit Michael, le chauffeur le sonne et lui fait de grands signes. Michael le salue discrètement.

« Mais si, tu vois, c'est lui, le Parisien ! » marmonne une des vieilles derrière nous.

Elles sont de ceux qui disent *Parisiens* pour PSG, ceux qui disent *les Parisiens* comme on parle d'étrangers, ceux qui disent *ça doit vous changer*. Michael vient d'Aubervilliers.

Elles sont aussi de ceux qui disent *ça va on n'a pas à s'plaindre*, de ceux qui disent *de toute manière bientôt la r'traite*.

Elles l'appellent le Parisien, certains l'appellent le tyran, d'autres le fou dangereux, ou encore le bobo, l'ensauvagé, l'ayatollho (ayatollah + écolo), pour tous il est un autre, objet de haine ou de mépris. Pour moi, c'est un ami.

Nous continuons notre chemin vers la basilique.

*

« Je me souviens, commence-t-il sans préambule,

quand j'étais môme, la campagne avait la gueule de Georges Pernoud et de Sylvain Augier. Des régions France 3, des clochers vus de l'hélicoptère, la succession paisible des jours et des générations. »

Il secoue la tête, dénégation réflexive.

« Ce que c'est de se retrouver au ras du sol. Je me suis gouré. Ils vivent sous perf de TF1 et n'ouvrent jamais un bouquin. Ils ont une sagesse guerrière, excluante, qui impose l'immobilisme sous peine de violence sociale. Une frange de société silencieuse, qui ne dit rien et qui ne veut rien dire. Il faut se taire, disent-ils. Ils rejettent tout ce qui pourrait remettre en question leur modèle. »

Il n'a pas tort, l'histoire a retenu Patton et oublié Maupas. Nos grands hommes d'avant-guerre étaient des membres de la Ligue comme les frères Péricards, des généraux d'Empire comme Valhubert. Launay fondit la colonne Vendôme de triste mémoire, Challemel-Lacour fut de ceux qui massacrèrent les Communards et trempa dans l'affaire tunisienne, pionnière des délits d'initiés. Ces hommes ont des noms de rue ou d'école, comme d'autres tribuns ecclésiastiques monarchistes, du genre à ancrer les traditions comme les oiseaux dans le mazout.

Aujourd'hui l'église est vide, l'âme déçue de mon ami peut y déplier ses ailes de goudron. Chaque dimanche, le prêtre monte à la tribune. Sous couvert d'actes de charité, on cherche l'édification morale des âmes, la perpétuation du noyau familial. Comme la Compagnie du Saint-Sacrement en son temps, il y a ici un parti des dévots.

Nous sortons de l'église, Michael schématise sur ses doigts :

« Le dogme est simple : l'animal nourrit l'homme, l'homme exploite l'animal, le riche est charitable envers le pauvre, le pauvre ne conteste pas le notable. Des Homais à chaque assemblée, mains dans les poches ou dans le dos, ça toise et couve du regard, la tête s'incline au passage des saints pairs. »

Michael fait des courbettes à des personnages imaginaires :

« Bonjour Monsieur le Préfet, Monsieur le Maire, Monsieur le député, Monsieur le sénateur, Monsieur le curé, Monsieur le directeur, Monsieur le percepteur, Docteur… »

Il se redresse et crache de dégoût :

« Toujours la même couleur. »

*

Il paraît que le déclic a eu lieu sur un parking. À côté d'une camionnette de galettes-saucisses, un éleveur vendait des poules vivantes. Elles passaient plusieurs heures sur le bitume, coincées par quatre ou cinq sous une cagette de plastique orange, devant une fourgonnette. Michael passait devant tous les samedis, jusqu'au jour où il s'est décidé à aller voir le vendeur.

« Vous en avez combien, des poules ?

– Oh une bonne centaine.

– Combien pour le tout ? »

En quelques secondes, il venait de s'encombrer d'une centaine de volatiles et de planter son mariage. Sa femme accepta mal qu'il ait dépensé leurs économies et contracté un crédit pour sauver des gallinacés. Il les libéra dans une forêt, et se rendit compte qu'il ne lui restait plus qu'à faire de même le samedi suivant.

Nous arrivons sur un espace ouvert, le panorama s'ouvre à nous. Il y a deux grandes flèches érigées sur les vestiges d'une église dont on ne voulait plus.

« Le patrimoine culturel est le butin des dominants », cite-t-il comme un suicidé de

Portbou.

Ici la ville seigneuriale, plus bas les faubourgs, les lotissements vilains. Population d'ouvriers, de chômeurs, d'intérimaires : les précaires, les mères célibataires, les sans-dents, les handicapés, les réfugiés, les vieux. Avant le tramway, on les voyait seuls ou par deux monter la rampe qui mène au centre-ville. Ils allaient laborieux et tête baissée, les plus téméraires lancés bruyamment à 30 km/h dans des voiturettes sans permis.

Il y a d'autres quartiers, huppés, de plain pied avec le centre, ceux des commerçants, des artisans, des retraités, des cadres et des notables, prospères directeurs de services privatisés. Maison neuve, corps de ferme manoirisé. Des chasseurs, des sportifs, et le panier bien rempli chaque samedi.

Politiquement, c'est arriéré. On renverse une femme à vélo en lui disant qu'elle n'a rien à faire sur bicycle en ville, on appelle le Préfet pour qu'il fasse taire un fonctionnaire qui pointe les turpitudes d'un élu, les éleveurs viennent apprendre à bouffer de la viande dès l'école primaire.

« La violence des jeunes vient des chansons qu'ils écoutent », dit-on bras croisés ou le pouce tourné vers l'épaule.

Assurément, cette violence ne peut pas venir de la conduite exemplaire de leurs parents, glorifiant la gendarmerie et le foot. Après tout, qu'y a-t-il de violent dans l'exploitation animale, la chasse, la reproduction sociale, le coup de boule de Zidane ? Ici les jeunes sont sui generis, intrinsèquement douteux. Il faut être vieux pour se refaire une virginité.

Ici, on s'étonne encore de voir des Noirs sans os dans le nez, on dit « elle est jolie on dirait pas qu'elle est maghrébine », on se méfie des Gitans, on tutoie d'autorité le vendeur de naan, on s'indigne à mi-voix que des migrants portent des habits propres et neufs.

« Ils ont des Led-phones, faut voir ! Et des fringues à la dernière mode ! »

On oublie facilement que ce sont leurs seuls biens et un avenir incertain. Il serait dans l'ordre des choses de donner à voir des loques humaines mendiant aux carrefours et qu'on pourrait ignorer derrière ses vitres teintées.

On s'inquiète d'en voir certains sortir du ruisseau, le seul moyen de rester ostensiblement sur les hauteurs, c'est le vote droitier, l'achat exclusif au boucher, et rouler dans des voitures écrasantes. Quand ont proliféré les SUV et les pick-up, que chacun a pu se payer une version plus grosse et surélevée de son monospace, il a fallu inventer le XUV. Toujours plus haut, toujours plus gros. Être ne suffit pas, il faut être au-dessus du traîne-patin. Petite nostalgie les week-ends, au volant d'une Simca ou d'une Diane rétrofitée.

C'est l'héritage de Tocqueville, ancien élu du Cotentin. Libéral et démocrate, mais aussi colonialiste, promoteur de la panoptique, celui qui approuva les répressions de juillet 1848, celui qui s'opposait au droit de vote des pauvres et des domestiques, et qui ne consentait à l'abolition de l'esclavage que si les propriétaires étaient dûment indemnisés.

« La violence des violemment modérés », soupire Michael en regardant les deux grands mâts dressés. Au centre, une ogive de porte métallique rouille au grand air. L'oxydation a coulé sur le muret en granit.

Il a tenté d'installer un téléphérique à cet endroit, pour relier la gare au fond de la vallée avec le cœur administratif de la ville, mais la Mairie l'a pris de vitesse. Ce fut une bonne petite revanche que ces coton-tiges géants plantés en signifiants, une manière de dire preum's, une manière de dire que la place est prise, et que ça ne bougera plus d'un iota. Michael s'est reporté sur la ligne de tramway qu'il a aidé à financer, la Ville ne pouvait pas vraiment refuser.

Le bocage à l'horizon, une rivière sortie de son lit, des marnages de plus en plus forts, les saumons se ramassent à la fourche. Les aigrettes floconnent sur les sillons inondés, les vanneaux fouillent les flaques, un lièvre détalle dans un chemin creux. Le sauvage cède vite la place au domestique, mais on entend encore hennir, meugler, cancaner, bêler, c'est la nation des douleurs. À plumes ou à poils, en laine ou en cuir, ce n'est pas du vivant, c'est de la marchandise. Les volailles sur le bitume, coincées sous des cagettes orange, les sourires gras des clients de galette-saucisse. Les bétaillères couchées sur le côté. Des abattoirs en faillite mais qu'il faut subventionner, renflouer.

*

Il a essayé. Il démissionna de son boulot de comptable, pour ne plus avoir rien à perdre.

« Quand il nous reste quelque chose, on finit toujours par fermer sa gueule. »

Il lui fallait quand même de l'argent, le seul pouvoir capable de changer les choses, l'arme des vainqueurs. Il racheta un site industriel en friche, capta un marché de ramassage de déchets plastiques, et lança une usine de recyclage locale. À sa petite échelle, en huit ans seulement, il réussit à dégager de grosses marges en revendant des tonnes de déchets récupérés à vil prix.

Il n'a rien gardé rien pour lui. Avec les bénéfices, il a acquis des terrains, des maisons, tout ce qui tombe sous le coup d'une transaction, parfois avec un peu de cavalerie, des pirouettes financières, des spéculations de trader. Il s'est retrouvé avec des immeubles, des usines, des pavillons, des champs, des forêts. La municipalité ne s'en est rendu compte que l'année dernière, quand un promoteur s'est plaint de ne plus trouver de surface pour un centre commercial. L'endroit prévu pour un Aldi avait été transformé en sous-bois et aire de jeux, un carré de verdure coincé dans le béton, volé à la barbe des monteurs de parpaing. Depuis, le service patrimoine de la Ville préempte toutes les opérations foncières.

Il a racheté aussi des exploitations agricoles, surtout les élevages. Quand les agriculteurs étaient encore en activité, il les a autorisés à rester, mais ils sont désormais engagés par contrat à convertir toutes les pâtures en forêt ou cultures maraîchères. Il les rémunère pour s'occuper des animaux qu'il leur fait parvenir. Du bétail racheté à d'autres exploitants, d'autres éleveurs, pour la plupart en banqueroute. D'un point de vue foncier, il n'est plus possible pour un seul éleveur de s'installer à cinquante kilomètres à la ronde. Ce qui n'a pas plu, c'est qu'il a éradiqué l'élevage, on l'a accusé de vouloir faire disparaître les races.

Deux abattoirs ont fait faillite, malgré les subventions publiques. Il a embauché tous les ouvriers sur le carreau pour développer les énergies renouvelables. Sur les parkings, les toits de ses immeubles et au-dessus d'un segment d'autoroute, il a installé des panneaux solaires, leur surface est telle qu'il est le premier producteur d'électricité du territoire. La centrale nucléaire, à quelques kilomètres de là, a dû fermer. Il a mis gracieusement à disposition les usines qu'il a rachetées. Des industries se sont implantées, offrant de nouveaux emplois.

En parallèle, ses logements vacants sont gérés par des associations d'aide aux migrants. Il en a embauché certains dans ses entreprises, d'autres travaillent dans les nouvelles fabriques. Ça pose un autre problème de race, d'un autre genre. Un groupe de citoyens républicains a écrit une lettre au Premier Ministre pour qu'il fasse voter une loi reconnaissant le crime d'ensauvagement écologique et social.

Le pire, c'est la chasse. Malgré les oppositions de toutes sortes, il a réussi à racheter des domaines réservés. En quelques jours, il a repris tous les stocks de gibier élevé en batterie. Tous les animaux sont disséminés sur ses terrains, et les forêts privatisées. Des loups ont reparu d'eux-mêmes, sans réintroduction artificielle. Bien entendu, il y a beaucoup de braconnage, et la police refuse toujours d'intervenir. Les représailles sont à la hauteur de la lâcheté du chasseur.

*

Je l'ai rencontré le soir où Alma et les enfants avaient déménagé, il y a dix ans. Il se biturait méthodiquement dans un bar. Le dernier lieu de fraternité, selon Michael, c'est le bistrot. Il hochait la tête gravement en écoutant les discours des piliers de comptoir.

Quand il a appris que je suis prof de philo, il m'a attrapé par l'épaule et m'a dit :

« Toi tu enseignes, moi j'apprends. »

Il venait de démissionner. Il me parla d'un collègue qui évoquait régulièrement, au moment de la pause café, ses doutes sur sa manière de vivre, le monde qu'il laissait à ses enfants. Les autres hochaient la tête en silence, certains haussaient les épaules, d'autres lâchaient une banalité du genre :

« Pas facile… »

Puis ils enchaînaient sur ce que les uns et les autres avaient prévu pour le week-end.

« On serait heureux en fermant les yeux ? Me demanda Michael.

– Je ne sais pas, hésitai-je, il faut savoir connaître ses limites. Les stoïciens préconisent de suivre sa nature.

– Suivre sa nature ? Pouffa-t-il. Dans un pays d'éleveurs de moutons, c'est sûr qu'ils sont suiveurs dans l'âme.

– La répétition du même a quelque chose de rassurant. Les gens ont le modèle de leurs parents, peut-être qu'ils l'idéalisent mais pour eux c'est une vie accomplie.

– Au lieu de répéter, ou vouloir un bonheur factice, est-ce qu'on ne peut pas chercher à être meilleur ? Meilleur que soi-même ? Ne pas accepter ce monde de merde ? »

Je haussai les épaules malgré moi, à court de mots. Je lui aurais parlé de Kant et de la finitude, mais ça ne l'aurait peut-être pas aidé.

Quelques jours auparavant, sa maison avait été criblée de balles, les enfants étaient là. Alma avait mis en vente leur pavillon et était partie avec eux en Bretagne. Lui s'était installé dans un studio en centre-ville.

Je crois qu'il se fiche de ce qu'il peut lui arriver, je crois même qu'il aimerait être abattu en pleine rue. Il m'a avoué que ce qu'il fait aujourd'hui, cette frénésie foncière et économique, l'attaque ininterrompue des fondements de cette province, c'est pour ne pas penser à la perte de celle qu'il aime.

Ça n'allait pas fort entre eux, avant même qu'il déraille. Un fil qui s'effilochait, un éros tombé en philia, mais pas pour lui. Alma était son absolu.

Je l'ai croisée une fois : une beauté étrangère, l'élégance sombre. Avec ses cheveux foncés et ondulés, son prénom latin, on pouvait l'imaginer espagnole, portugaise, italienne, ou même berbère. La taille fine, les jambes magnifiques, la poitrine menue, le buste droit, des yeux noirs qui pouvaient s'illuminer tout à coup. Michael était marié à la plus belle femme du coin.

C'est peut-être la crise de la quarantaine qui l'a poussé dans ses excès, ou simplement son caractère d'homme énervé qui doit toujours se trouver un combat à mener. Mon opinion, c'est qu'il sentait qu'elle lui échappait, alors il a tout envoyé péter. Ça s'est sûrement combiné avec une prise de conscience de plus en plus aiguë d'un monde à deux versants.

Hier soir, ils l'attendaient près du bar où il passe ses débuts de soirée. Je devais le rejoindre après un conseil de classe, j'avais un peu de retard. Quand je suis arrivé, ils étaient deux à le tenir pendant qu'un troisième lui bourrait le ventre de coups de poing. Il sifflait entre ses dents :

« V'là pour tes bougnoules ! Et ça pour not' barbaque ! »

Michael ne se débattait même pas. Ils n'étaient

pas très vieux, entre trente et quarante ans, des agriculteurs je pense, peut-être le fils du boucher, c'est allé trop vite. J'ai voulu intervenir, l'un d'eux m'a mis une droite qui a suffi à m'allonger. Quand je me suis relevé, ils étaient déjà partis. J'avais l'occiput entaillé sévèrement, la pommette gauche éclatée et le dos en vrac. Michael s'essuyait le nez avec son pull, le sang n'arrêtait pas de couler.

On s'est soûlés chez lui. L'attaque m'avait secoué, je lui ai lancé :

« Tu peux pas rester sans rien faire, tu vas te faire crever ! »

Il m'a répondu par une moue résignée. Pesant ses arguments, il a fini par me concéder :

« C'est compliqué d'être vénère et non-violent. Mais il n'y a que la nature à sauver, ici, les hommes se sont perdus. »

Ça nous a pris une partie de la nuit à nous assommer pour oublier. On n'a émergé qu'en fin de matinée, et nous voilà à déambuler dans cette ville hostile. La gueule de bois redouble la douleur du traumatisme crânien. J'ai peur de vomir et que ça me vrille un peu plus la tête.

*

Je me redresse. Le panorama n'en finit pas de s'étaler, nous ne sommes pas aussi droits que les flèches qui nous surplombent, mais nous tenons debout.

Des bruits de pas me font retourner, le mouvement m'arrache une grimace. Un groupe d'une dizaine d'hommes vient vers nous, certains ont des barres de fer. Au centre, un homme en gabardine, casquette de misfit, cravate de tartan, barbe grisée et lunettes rondes, nous désigne du doigt. Il regarde et il se tait. La meute est lâchée.

Michael soupire près de moi et s'écrie une dernière fois.

« C'est fini. »

Remerciements

Merci à Élisabeth Morin et Eddy Pierrel pour leurs précieux avis. Merci également à ceux qui ne m'ont pas fait désespérer de l'humanité : Erika, Gilles, Emmanuel, Marc, Thierry.

Merci surtout à mon épouse et mes enfants qui me donnent la force de me dépasser et ne pas renoncer.

Table

La dernière transgression.................................11

L'homme qui n'avait rien compris.................23

Longues ondes.................................39

Les tripes à l'air.................................53

Un objet dont le néant s'honore.....................65

Sur place ou à emporter.................................81

Sur le parking du Casino.................................97

L'esprit n'y est plus.................................105

D'avis de Nicolas.................................119

Le vert foncé des innocents.........................135

Pantalonnade.................................163